济群 著

怎么过好这生活

济群法师的生活美学之书

SPM 南方传媒 | 花城出版社

中国·广州

图书在版编目（CIP）数据

怎么过好这生活 / 济群著. -- 广州 ：花城出版社，2025．6．（2025.7重印） -- ISBN 978-7-5749-0556-6

Ⅰ．I267

中国国家版本馆CIP数据核字第20255FF984号

怎么过好这生活
ZENME GUOHAO ZHE SHENGHUO

济群／著

出 版 人	张　懿
责任编辑	张　旬　王铮锴
技术编辑	凌春梅
封面设计	介　桑
出版发行	花城出版社
经　　销	全国新华书店
印　　刷	深圳市福圣印刷有限公司
开　　本	787毫米×1092毫米　16开
印　　张	17　1插页
字　　数	235,000字
版　　次	2025年6月第1版　2025年7月第3次印刷
定　　价	52.00元

版权所有·侵权必究。如发现印装质量问题，请与出版社联系。
联系电话：020-37604658　37602954

序言：人生百味，归本味

翻开济群法师的新书，秋日阳光洒在字间，慢慢翻阅，心越来越宁静。

这是一本讲述怎样过好生活的书，行文清新隽永，看似随手拈来，实则源自作者四十多年的修证所得，蕴含般若深意，修心次第。

书中，法师从近年热门的"断舍离"开篇，说到正确认识人与自然的关系、让生命回归本来；从煮茶观心、赏花听雨，说到培养觉知、体证本心。读着这些深入浅出的话语，如同行走山峦之中，得遇智者引路，从谷底缓缓攀登，沿路风景宛然，忽见明月朗照，心间袖底，一片清辉。

关于断舍离的开示中，法师提醒被物质包围的现代人，不仅要舍弃多余的物品，更要舍弃内在的贪着。因为贪着意味着受控，消耗的不仅是时间，还是自己的生命。

关于佛教环保思想的解读中，法师从"依正不二"的角度，道出人与自然一荣俱荣、一损俱损的共生关系。唯有改变被欲望主导的生活方式，用感恩心、尊重心、爱心面对一切，才能构建人间净土。

关于生命、自然和自我的回归，法师阐明生命是相似相续、不常不断的，有它自身的密码。修行是真正意义上的改造工程，让我们从缺陷走向圆满，从烦恼走向自在，从痛苦走向解脱。

读到这里，真有寻寻觅觅几十年得遇真相的感慨。

书中大部分篇章，是法师近年在甘露别院的开示，传递了如何把禅融入生活的智慧。

甘露别院是法师以数年时间打造的空间，也是禅意设计十二字箴言的实景版，一石一水，一草一木，都在传递"无我、无相、无限、出世、寂静、超然"的内涵。灰白的建筑自带沉静，老木头、老石板经过岁月洗礼，褪去火气。走在碎石路上，踩着石子的声音和山林鸟语和谐一体。大觉堂前，水的镜面把室内空间延伸到无限的湖光山色，似乎把人放在云山之间、苍穹之下。更有禅院中的清净生活——早课、出坡、茶道、插花，义工们衣着素朴，气质恬淡，行住坐卧专注当下，是空间中流动的风景。初到禅院的人，会不自觉被其间气场摄受，举止安定。

法师在甘露别院时，不时与大众品茶、观花、坐禅、问月。

吃茶时，安顿身心，教导大众如何融入禅的智慧，从二元对立中走出来，还要以茶为媒介，传递禅的智慧，引导更多人安心。

花开时，树下静坐，把习惯向外追逐的心带回当下。白居易有诗云，"只缘无长物，始得作闲人"。学会做个无事的闲人，带着开放的觉知，听雨就是听雨，观花就是观花。

中秋佳节，法师与大众赏月。那晚，天空澄澈，没有一片云彩。法师以月为媒，开示禅的本质，告诉大家不仅要赏外在的月光，更要去认识心光。心光与月光是一体的，月光照遍十方，心光同样照遍十方，所谓"心月孤悬，光吞万象"。

品读至此,有如身临其境,在同一片月光下,体会心月朗照的时刻。身处都市的人,即使不能前往这样的世外桃源,也可以觅一隅之地,学习觉醒文化、践行静心慢生活,把智慧融入日常。

读罢掩卷,不禁有悲有喜。悲则是,身处喧嚣闹市,这田园牧歌的生活,曾经浸润在传统文化中数千年,而今却渐行渐远;喜则是,从本书中,看到了回归心灵家园的道路。在这条心路上,善知识在前引领,我们追随身后,有光明,有欢喜。

不由想起,曾与一行人在法师的禅房品茶,坐对青山绿水,品一杯茶,吃几粒果。风吹起,只觉山林清寂。心如止水之际,忽听屋外咚的一声,原来是山果落地。一惊之间,豁然明白,王维"雨中山果落,灯下草虫鸣"的诗句,说的正是禅者心境:当下现量,欢喜自在。

这样的心境,每个人生命中本自具备,只待我们去开发。正如书中所说:"什么叫富有?就是当你一无所有,也不觉得缺少任何东西。"

人生有百般滋味,但真正的本味在哪里?若能领悟,不论在水边林下,还是城市街头,都可万花丛中过,片叶不沾身。因为没有束缚而自在,因为自在而欢喜。

青山

目录

生命的回归 / 001
  认识的回归 / 006
  自然的回归 / 010
  自我的回归 / 015

佛教的环保思想 / 021
  克服欲望和贪婪 / 023
  纠正幸福的观念 / 027
  改变生活方式 / 029
  正确认识人与自然 / 031
  培养良好的心态 / 033

从佛法视角谈"断舍离" / 039
  何为断舍离 / 042
  断舍离的对象 / 044
  现代人为什么不容易断舍离 / 050
  如何修习断舍离 / 053

断舍离的意义 / 059

茶与禅的修行 / 065
茶与禅的历史典故 / 068
茶禅一味的修行 / 075
结束语 / 079

煮茶观心 / 081
何为禅 / 083
禅宗的历史 / 085
禅与茶的关系 / 090
煮好一壶茶 / 096
打造安心茶室，落实禅意生活 / 098

以茶入禅，回归本心 / 103
第一式，感恩有礼 / 107
第二式，静心备器 / 108
第三式，煮水听茗 / 109
第四式，温器传香 / 109
第五式，泡茶醒心 / 110
第六式，平等分茶 / 112
第七式，吃茶去 / 113

花开有时，一期一会 / 115

心月朗照，安住当下 / 121
问月几何 / 123

心月朗照 / 124
　　安住当下 / 125
　　歇即菩提 / 126

重新认识素食 / 129
　　素食的意义 / 132
　　素食的五大要素 / 134
　　静食六式 / 137
　　从素食到素生活的认识 / 138
　　素食的传播 / 139

素食，不仅是素食 / 141
　　素食的产生 / 143
　　素食和声闻乘佛教的关系 / 145
　　素食和大乘佛教的关系 / 146
　　推广素食的意义 / 149
　　开素菜馆的辅助条件 / 151
　　如何经营素食 / 152
　　结语 / 153

禅与生活美学 / 155
　　建立真善美的人生 / 157
　　十二字箴言的提出 / 161
　　禅意空间的营造 / 162

禅意设计"十二字箴言" / 165
　　缘起 / 167

无我 / 168
　　无相 / 171
　　无限 / 174
　　出世 / 176
　　寂静 / 178
　　超然 / 179

生命也是可以被设计的 / 181
　　靠什么认识世界 / 183
　　建立虚空一样的视角 / 187
　　正念的禅修 / 190
　　设计让世界更美好 / 193
　　爱是什么 / 195

认识自我的意义 / 199
　　认识自我的重要性 / 202
　　何为自我 / 205
　　迷失自我带来的问题 / 207
　　佛法对自我的认识 / 209
　　自我的价值 / 212
　　结说 / 213

家庭教育的思考 / 215
　　家庭教育的困扰 / 218
　　立足于心性论和缘起论 / 219
　　借鉴儒家和心理学 / 220
　　问答 / 222

佛法在家庭教育中的运用 / 225
  从因缘因果正确看待亲情 / 227
  亲子教育中孰轻孰重 / 230
  从生命缘起认识教育关键 / 232
  建立良好的教育生态环境 / 234
  传承儒家文化，学会做人做事 / 237
  学习佛法智慧，造就健全人格 / 242
  结说 / 244

继承传统，慈悲济世 / 247
  医护工作者的自身建设 / 249
  在医患矛盾的大背景下 / 251
  中学和西学的体用关系 / 251
  了解需求才能关爱生命 / 253
  结说 / 254

让艾火温暖人间 / 255

生命的回归

今天，我要给大家讲的内容是：生命的回归。

生命盛开在我们目光所及的每个角落，使世界充满勃勃的生机，使人类社会得以延续并发展。从广义上说，不仅自然界的一切机体都蕴含着生命力量，甚至星辰和整个星系，也有自身形成、发展及消亡的生命过程。

在一切生命现象中，人生无疑是我们最切身也最关注的问题。人生，简单地说，就是我们从出生到死亡经历的过程，由生活、生死和生命三个部分组成。

通常，人们最关心的是生活。生活有两个层次：一是基本生存，一是生存质量。

人活着，首先面临的是生存问题。俗话说"民以食为天"，我们的身体离不开维持运转的能量。除了这根本的一条，家庭开支也是我们每天需要面对、需要解决的。有些人福报大，出生在富有之家，财富与生俱来。尤其是中国人，做父母的喜欢为儿女积聚财产，好使孩子一辈子不必为生存奔波。而在一些发达国家，社会福利制度比较健全，基本生存似乎也不成问题。但世界上还有很多人，一生都在为生存而忙碌。天天上班，拼命打工，无非为稻粱谋，无非是为了保障家庭开支。他们活着的目的非常单纯，单纯到只剩下"生存"二字。

其实，自然界中的动物，空中的飞鸟、海里的游鱼和地上的走兽，它们和人一样，也是为了生存，为了充饥而四处觅食。假如人类也仅仅为生存而生存，那和其他动物有什么区别？作为每一个生命体来说，生存都是必不可少的，但只有人类才会在解决生存问题之后，进一步追求生活质量。

在享乐主义盛行的今天，许多人都着眼于物质条件的改善。事实上，物质改善所能给予的帮助，远非我们以为的那么见效。所以更为内省的人开始转向精神追求，讲究生活品位的提升，即艺术的生活、精神的生活。可以说，精神生活基于对自身的超越，是人类区别于自然界其他生物所特有的现象。

除了我们共同关心的生活话题，几千年来，一代又一代的哲学家和宗教家都致力于生死问题的探讨。作为伴随人类一生的两大属性，生和死，既相互否定，又密不可分。

如果将一个人的出生作为人生旅途的起点，那么从他来到这个世界开始，每时每刻都在接近旅途的终点，在奔向他的末日。正是由于我们的生，带来了无法回避的死亡。正如一位哲人所说的那样：每个生命的经验均以死为方向，这乃是生命经验之本质。

那么，生从何来，死往何去？依自然科学的角度看：生从父母来。身体发肤受之父母，妈妈生下我，我就有了。而生命结束就意味着一切的消失——人死如灯灭。死亡作为个体生命的终点，充分展现了人生的有限。

依一般宗教的普遍看法：人在肉体之外，还有独立的灵魂。色身固然会在几十年后败坏，会受到时间限制，会退出历史舞台，但超然于肉体之外的灵魂是不死的，并将在另一个世界得到延续。基督教的教义正是建立在对永生的期待上：受到限制的尘世生命在上帝拯救下，分享上帝的生命而获得不灭的新生。在他们虔诚的祈祷中，死亡作为通向天堂的门户，又意味着新生的开始。

生命是物质的产物，形散则神灭，属于断灭论、一世论。但我们应当认识到，科学只能研究和改造外部世界，对于人类自身的认识，却显得力不从心。相对于唯物主义者的结论，宗教家提倡的两世论，认为生命中有独立不变的灵魂，又落入了常见，同样是不究竟的。

佛陀依缘起的智慧考察生命现象，提出三世论，认为生命是相似相续、不常不断的。生命不仅包括现在，还有着生生不已的过去和未来。生命就像流水，从无穷的过去一直延续到无尽的未来；生命又像铁链，一环套着一环。我们这一期的人生，仅仅是其中的一片浪花、一个环节。

从生物的角度看，人生的确很短暂。可是通过佛法智慧认识人生，我们会发现：人其实是不会"死"的。所谓死，只是一期生命的结束，是生命形式的改变，但同时也是下期生命的开始。作为学佛者，不仅要关心现实人生的幸福，同时要关心未来生命的走向。正是基于对生命的整体关怀，佛陀在成就解脱后，为娑婆众生开示了现世乐、来世乐和涅槃究竟乐的原理。

生活是生命的表现形式，生死是一期生命的开始和终结。但人生最本质的，不是生活，不是生死，而是生命。要想改变命运，必须认识到——生命究竟是什么？

诗人说：生命是神圣的谜，是机密的法则。

生物学家说：生命是蛋白质，是氨基酸。

以佛法角度来看，这些说法都不完整。作为万物之灵，我们只有以智慧破译出生命密码，才能更好地认识并利用今生，而不是在无知或敬畏中采取回避的姿态。

生命由两大系统组成：一是物质系统，一是精神系统。物质就是我们现有的色身，即生物学家所说的，组成肉体的那些成分。我们的身体来自父母，带着父母给予的遗传基因。而精神同样有着独立的系统，有自身的遗传信息，那就是阿赖耶识中储藏的无始以来的业因。我们在生活中会发现，相同的父母会生出秉性、天资完全不同的子女。原因是什么？因为每个生命都是带着独立的生命信息来到世界，起点各不相同。

我经常说，学佛是真正意义上的生命工程。学佛，是生命从缺陷走向圆满的过程，是生命从烦恼痛苦走向解脱自在的过程，是从认识生命到彻底改善生命的过程。明白人生是什么，知道改造生命的重要性，我们就可以正式开始讨论"生命的回归"。我想从三方面加以说明。

认识的回归

在生活中，除了赖以生存的基本物质条件，能对我们产生最直接影响的就是人生观。我们想什么、做什么、说什么，都离不开观念的影响。观念和行为又是相辅相成的。一方面，观念会指导行为，决定我们的各种选择。另一方面，这些行为的结果也会影响并改变观念。可以说，我们成长的过程，就是认识世界和人生的过程。

遗憾的是，一般人的观念往往是错误的。因为观念来自认识，而认识又是以感觉为基础的。通常，我们总是习惯性地认同自己的感觉，将见闻觉知的现象当作唯一真实。那我们的感觉是否值得信赖呢？事实上，人的感觉是有很大问题的。

首先，我们的感觉非常迟钝。在嘈杂的环境中，微小的声音会被淹没，使我们无法听清，甚至完全感觉不到。听觉如此，那我们的视觉呢？在黑暗中，即便最亮丽的色彩、最优美的风景也形同虚设。如果不借助科学仪器，人类所能觉知的范围极其有限：太小的东西我们看不到，需要显微镜；太远的东西我们看不到，需要望远镜……盲人摸象的故事大家都很熟悉，在某种意义上，我们和故事中的盲人并没有太大区别。仅凭感官，我们看到的不过是大千世界呈现的微小局部，看不到背后更为巨大的整体和真相。如果认识不到这一点，执着于自己对世界的肤浅认识，那么在此基础上产生的观念，能有几分准确呢？

其次，我们的感觉带有错乱性。自古以来，人们一直以为月有阴晴圆缺，其实月亮何尝有过这些变化？我们的地球时刻都在自转，所谓"坐地日行八万里"，可谁也感觉不到。长期以来，人们一直将地球当作宇宙中心，直到十六世纪，哥白尼才首次提出地球在围绕太阳转动。对那个时代而言，他的发现是令人震惊的，是大逆不道的邪说。可以想象，如果我们的认识还停留在当时，大约也很难相信这个和感觉全然不同的事实。

天上的星辰在我们看来，小得似乎可以抓在手中，但天文学家告诉我们：它们中的许多，比地球要大得多。而其中的一部分，在我们看到时早已不复存在，只是因为它们散发的光芒，需要几千甚至几万光年才能抵达我们的视线范围。当我们坐在船中，感觉两岸青山在缓缓移动，实际两岸是静止的，是船的前进使我们产生了错觉；当一支笔插入水中，看起来像是弯的，那是水的折射欺骗了我们的眼睛……

我们对世界的认识，还受到情绪的影响。当我们喜欢一个人的时候，他的缺点，我们会视为优点；而当我们讨厌一个人的时候，他的优点，我们会当作缺点。当我们心情舒畅时，眼前的一切显得无比美好：阳光格外灿烂，天空格外明朗，树木在向你点头，花朵在向你微笑，小鸟在为你歌唱，蝴蝶在为你起舞……世界到处充满勃勃生机。而当我们心情压抑时，同样的世界却失去了色彩，笼罩在一片沉重的灰色中。

亲情和血缘，则使认识带有浓厚的感情色彩。在父母眼中，自己的孩子总显得特别重要，时时牵动着父母的心。而在不相关的人看来，这个孩子和千千万万的孩子不会有任何区别，甚至他的存在都是可有可无的。热恋中的男女，彼此把对方看得和生命一样重要，对方的一举一动，都能给自己带来巨大的欣喜或伤害。对旁人而言，那不过是缤纷世界的一段小小插曲。

感觉和情绪的影响，使我们难以正确认识世界。而在一系列颠倒的认识中，名称和实质的混淆，更是常犯的错误。事物都有名和实两方面。比如桌子，既有构成桌子的实物，也有定义桌子的名称。那么，名和实究竟是不是同一样东西？事实上，名只是后天的约定俗成，是帮助我们认识和区分事物的符号。但我们往往不了解这一点，以名为实，并因为对名的执着，带来许多不必要的烦恼。

生活中，我们最敏感、最在乎的名是什么？是自己的名字。其实名字不过是父母为我们取的代号，就像"一号""二号"那样，没有特定自性。但我们有了这个代号后，就会执着代号为"我"。听到别人提起自己名字时，耳朵马上会变得很长：是不是在说我？在说些什么？如果听到赞叹和恭维，就欢喜；如果听到诽谤和攻击，就难过。对名的执着，使我们无法忍受他人的谩骂。听到别人骂你是驴、是猪、是笨蛋，会无比气愤，觉得人格受到了侮辱。事实上，驴、猪、笨蛋只是假名而已。如果对不懂中文的老外说"你是驴"，他根本不知道你在说些什么，也不会因此愤愤不平。

错觉又使我们把假相当作真实的存在。从佛法观点来看，万物都是因缘和合的假相。比如眼前这张桌子，只是一大堆材料的组合，包括木材、铁钉、人工等。由这些非桌子的条件，组成一个用品，古人出于使用的方便，为它安立"桌子"的名称。倘若有一天，这堆条件中的某一位提出辞职或病故，桌子也将呜呼哀哉！由此可见，桌子并不是独存不变的实体，也不是天生就该叫作桌子，只是一个沿用至今的约定而已。如果古人称它为妖怪，那我们现在看到的桌子，就个个都是妖怪了。如果是这样的话，我们听到"妖怪"一词，就觉得极其平常，更不会谈妖色变。桌子是这样，万事万物都是同样。

《金刚经》告诉我们："一切有为法，如梦幻泡影，如露亦如电，应作如是观。"一切存在都是缘起的假相，并没有独存、不变、可以主宰的自性。如果我们对所见一切都能如此分析，就不会产生种种执着，也不会被它们的变化所影响，所谓不以物役，不随境转。

人类认识上的另一误区，是对永恒的期待。我们总希望和自己有关的一切都能永恒：希望生命永恒，希望事业永恒，希望财富永恒，希望家庭永恒，希望人际关系永恒……然而，世间一切都是无常变化的。如果认识不到这一点，不能放下对永恒的期待，就会因此受到伤害。我们希望财富永恒，就无法面对公司的破产；希望家庭永恒，就无法面对家庭的破裂；希望人际关系永恒，就无法面对朋友的疏远；希望爱情永恒，就无法面对情人的变心……但变化时刻都在发生，如果我们不能接受，就会陷入痛苦，演绎出一幕幕人间悲剧。

所以，改变人生首先要从改变认识开始，从树立正确人生观开始。西方哲学从古希腊的探讨宇宙本体，到十六世纪后开始转向认识论，正反映了认识的重要性。我们有什么样的认识，就会看到什么样的世界，度过什么样的人生。

让我们的认识回归世界的真实！在每个当下都能如实观察，不被假相蒙蔽，不受情绪影响，也不为任何外在因素干扰。就像桌上有五个苹果，在我们的认识中也是五个苹果，不要增益，也不要损减。包括对生活、生死、生命的认识，都是如此。

怎样才能如实认识，建立正确观念？佛法智慧可做开示一二。时至今日，即使在不同信仰的人看来，佛陀也堪称人类历史上最伟大的思想家之一，正如人类学家列维·斯特劳斯所说："从我所见闻的大师或是哲人的著作中，从我所深入了解过的那些社会里，从西方人引为骄傲的所谓科学中，我究竟懂得些什么呢？即使把它们全加在一起，与坐在树下的圣贤的沉思冥想相比，也不过是些片言只语罢了。"

这种智慧是通过修行证悟的，是对宇宙人生本质的揭示，不会因为时代的发展而落伍，在今天依然有着现实的指导意义。佛法认为，一切迷惑都源于众生的无明，这是错误观念的根源，也是烦恼、痛苦乃至犯罪的根源。所以修行首先要建立正见，从闻思修、四法行到八正道，都是以正见为前提。

正见无常，可以摆脱对永恒的执着。人总是生活在永恒的情结中，希望身边的一切不离不弃。然而世事无常，结果时常面临事与愿违的痛苦。正见无常，可以正确面对所有变化，不论挫折还是顺利，也不论失败还是成功，都是暂时的，都要经历成住坏空的过程，都处在不断的转变中。

正见无我，可以摆脱由我执产生的烦恼。这是贪嗔痴的根源，由此造下杀盗淫妄种种恶业。正见无我，才能从根本上解除烦恼。

正见因缘因果，可以避免主观、片面、狭隘的认识，如实看待世界，善巧处理事务。正见因缘因果，我们就有能力坦然面对种种顺逆境界。面对顺境不必骄傲自得，因为那是过去种下的善因所招感，无法永远拥有；面对逆境也不必怨天尤人，我们只是在承担自己犯下的过错，又能怨得了谁！正见因缘因果，还可以为未来生命规划出美好的蓝图。我们希望有什么样的未来，现在就该播下什么种子，从因上改造它。

自然的回归

人本是大自然的一部分。当自然最奥秘的生命充盈心灵时，足以令我们心旷神怡。所以，让我们的生命回归自然的怀抱！

不知大家注意过没有，世界是个大宇宙，而我们的身体则是个小宇宙。你看，地球的结构和身体是多么相似：地球有江河湖海，就像我们体内奔腾着血液；地球上有岩石，就像我们体内支撑着骨骼；地球表面有泥土，就像我们身上包裹的肌肉；地球上万物茂盛，就像我们身上的毛发。天空时而乌云密布，时而万里晴空，就像我们的心情，变幻着烦恼和欣喜。明媚的阳光就像我们灿烂的笑脸，纷纷的雨雪又像我们悲哀的哭泣。风暴来临时，可以让大树摇摇欲坠，就像我们发怒时可怕的脾气……我们和自然本是一体，我们的生活也本该和自然息息相关。

人类曾经像动物一样，完全依赖自然给予来维持生存。现代文明在给我们带来诸多便利的同时，也使我们和自然的环境、生活离得越来越远。我们已经无法回到过去，已经丧失在纯粹的自然环境中生存的能力。

房屋的建造，使人类摆脱了最初的穴居时代，拥有更舒适的居住条件。但建筑的不断发展，又将生活在都市的人们禁锢在一片片钢筋水泥的丛林中，禁锢在一片片没有生命的环境中，使树木和草地都成了奢侈的风景。我平时生活在山上，有时从山上走下来，感觉整座城市飘浮着一股躁动不安的气息。

是什么使我们背离自然的生活？是什么使世界的变化如此巨大？是人类的贪欲，是人类对物质盲目的、无止境的追求！我们通过不断占有来满足欲望，占有吃的、占有穿的、占有住的……当我们拥有这一切之后，当我们不再有衣食之忧，不再有"茅屋为秋风所破"的窘境，新的欲望又接踵而至。即使物质生活有了相当水准，我们还是不会满足，又会产生攀比之心，希望自己拥有的一切超过别人：服饰要比别人讲究，住宅要比别人豪华，地位要比别人显赫……在相互攀比中，衣食住行已经失去最初的实际功用。现代人对生活状况的不满，已不是简单的物质匮乏，而是在攀比中产生的失落感和挫折感。攀比又带来激烈的竞争，使每个人要在竞争的巨大压力下努力适应世界，努力跟上时代飞速前进的步伐，活得特别辛苦。

我总觉得，一味强调经济发展是有副作用的，甚至弊远远大于利。许多人向往日本优越的经济条件，但在我看来，东京是赚钱的天堂，生活的地狱。我到过东京，到处都是高度的喧闹，高度的紧张，路上每个人都行色匆匆，几乎和机器人一样没有表情。我不明白这样活着有什么乐趣可言，原本打算在那里做一两年学术研究，结果一个月就逃了。生活在这钢筋、水泥、噪声组成的闹市中，虽然物质应有尽有，能最大限度地满足需求，却没有大自然的滋润，很容易让人浮躁而焦虑。

在今天这个社会，科技日新月异，生活方便舒适，世界丰富多彩。物质带来的种种诱惑，时刻都在刺激我们的欲望，让人想要拥有更多、更新、更好的享乐。可我们是否想过，在拥有这一切的同时，又付出了多少代价？

一味追求物欲，使我们必须投入更多时间来赚钱。在能挣会花成为时尚的今天，我们轻易丢弃了几千年来奉行的消费观，开始理直气壮地拜金。那么，我们又是在用什么换取这一切？除了劳动和技术，更需要付出时间。而付出时间就意味着付出生命。在欲望的爆发中，我们已经迷失了自己，不惜把生命耗费在无止境的追求中，甚至没时间来反省自己，观照自己的精神需求。

一味追求物欲，使人失去了内心的宁静。贪婪制造的妄想，正魔鬼般啃噬着我们毫无防备的心灵。对财富的渴望，使我们看不到欲望下隐藏的巨大陷阱，看不到欲望狰狞的另一面。

一味追求物欲，是引发争斗的根源。在家庭中，因为利益的冲突，导致父母与儿女的争斗，兄弟与姐妹的争斗，丈夫与妻子的争斗；在社会上，因为利益的冲突，导致家庭与家庭的争斗，公司与公司的争斗，行业与行业的争斗；在国际上，因为利益的冲突，导致地区与地区的争斗，民族与民族的争斗，国家与国家的争斗。一味追求物欲，还是破坏地球环境的罪魁。在短短的百年内，人类以史无前例的规模企图征服自然，对自然资源盲目、过量的开采，对能源的过量开发，又导致了生态失衡，导致了各种自然灾难和环境污染，同时也给人类生存带来巨大的隐患。

物质和财富是抵达幸福的唯一手段吗？人们在没有事业、财富时，往往会将这些当作幸福的保障。事实上，这只是我们一厢情愿的想法。我在弘法过程中，遇到过一些事业有成者，有着百万、千万甚至上亿的财产，可是他们连人生最基本的快乐都不能正常享有。拥有豪华别墅，却不能安然入眠；面对山珍海味，却食欲全无……在旁人可望而不可即的奢华生活中，他们又何尝体会到幸福的感觉？

人类怎样才能获得幸福？怎样才能活得快乐？首先，我们要回归自然，学会享受自然的给予。新鲜的空气、纯净的蓝天、迷蒙的烟雨、柔和的月光、连绵的青山、潺潺的流水……这一切就在我们周围。大自然的美对每个人都是平等的，愈是自然的东西，就愈接近生命的本质。只要我们把心事放下，随时都可以在自然的怀抱中体会自在；只要我们把欲望放下，随时都可以在自然的馈赠中获得滋养；只要我们拥有平常心，不必付出任何代价，就可以享受广阔的天地。

"春有百花秋有月，夏有凉风冬有雪。若无闲事挂心头，便是人间好时节。"这是一首告诉我们如何感受自然、拥有良好心态的禅诗。其实，世间最甜美的享受始终是那些最古老的享受。

现代社会的复杂性使生命失去了自由的空间。生活在这种喧闹的环境中，我们的妄想和烦恼空前膨胀着。我们只是劳作，没有闲暇，最终丧失人类应有的灵性，忘了人生之根本。结果得到许多享乐，却并不幸福；拥有许多方便，却并不自由。我们只是在使用生命，却不懂得享受生命！

现代社会的竞争又使人紧张焦虑。回归自然，可以彻底放松身心。我们不必和自然算计，不必和自然竞争，不必和自然弄虚作假。在大自然中，我们的心灵会变得简单、清净。我们可以在岩石上小憩，让思维停歇，让浑身每一块肌肉、每一个细胞，都彻底放松；我们可以在林间漫步，让念头安住在举手投足的每个当下；我们可以在树下静坐，看花开花落，望云卷云舒。

遗憾的是，我们中的多数人对自然赐予的一切熟视无睹。我们的心中装满事业、家庭、财富……却很少意识到自然中最美好的存在，从来都不懂得去珍惜。尤其在以经济发展为中心的今天，我们为了服从经济利益，不惜破坏人类赖以生存的自然，破坏我们唯一的家园。

新鲜的空气还有多少？城市弥漫着各种废气，连乡村也在日复一日地受到影响。干净的水源还有多少？河流或是混杂着工业废水，或是在气候变迁中逐渐干涸。茂密的森林还有多少？树木的生长远远跟不上人类的乱砍滥伐……如果不能停止对自然的放肆摧残，总有一天，我们会在亲手制造的灾难中首当其冲地受到制裁。事实上，灾难已初露端倪，到应当警惕的时候了。千百年来，我们一直遵循着天人合一的理念，这才是和自然的相处之道。人类应该感恩大自然，珍惜大自然，爱护大自然，享受大自然，在大自然中寻找快乐，获得宁静。

幸福生活可以从简单中获得。我们用以维持生存的基本所需并不多：食物是为了充饥，服装是为了避寒，房屋是为了休息，交通工具是为了代步。这些需求也不难满足：当我们饥饿的时候，吃什么都有滋味；当我们疲倦的时候，睡在哪里都香甜……

为什么今天的人会有那么多要求？生活中的许多需要，与其说是我们自身的需要，不如说是社会使得你有这种需要。现代人的欲望正在工业文明的滋润下，在物质条件的刺激下，无限增长着。一味追求物欲的生活，造成了人类社会的各种烦恼和痛苦。所以，东西方的圣哲都告诫我们要少欲知足。

一个人（过于）追求权力，就会被权力束缚；（过于）追求事业，就会被事业障碍；（过于）追求财富，就会被财富捆绑……他们没有时间，更没有闲情，他们的所有生命都被用来做了交换。一旦我们放下这些，既承担起在世间应尽的责任，又不使心执着其间，就能体会到放下的自在，走也方便，睡也安然。我不从政，没有体会过官场的应酬究竟有多累多麻烦，但有时会有信众请我去吃饭，摆出一桌菜，吃了三五样后，根本就分不出各自的味道，每次都吃得我直想睡觉。这种感觉很像在闹市中走了一回，如果用一个词语来形容，就是疲惫不堪。老子说："五色令人目盲，五音令人耳聋，五味令人口爽，驰骋田猎令人心发狂。"就是告诉我们：复杂的环境会给感官及思维带来混乱。

遵循简单、自然的生活原则，使我们的内心更为单纯。

遵循简单、自然的生活原则，使我们能更好地保护地球有限的资源。

遵循简单、自然的生活原则，使我们不必将所有时间用来为满足物欲而奔忙，享有生命的闲暇。

遵循简单、自然的生活原则，使人与人之间可以和平相处，减少由激烈竞争带来的犯罪现象，乃至各种战争。

自我的回归

自我的回归，使我们的人格回归生命的本来。

自我，大家似乎非常熟悉。每个人都生活在强烈的自我意识中，一生都在为所谓的"我"而奔忙。为了我的事业、我的家庭、我的儿女、我的名誉地位、我的财富……我们所关注的一切，都是围绕自我这个中心。在每个人的心中："我"，有着神圣的地位，有着至高无上的权力。

在人类社会的发展过程中，正是因为我执的关系，才导致私有制的产生，乃至一切不平等现象。因为我执，人类不但对"我"有着深深的贪恋，还进一步希望更多的东西为"我"所有。在家庭中，一方面体现在父母对子女的专制，尤其在中国，根深蒂固的家族观念，使父母往往把子女当作自己的一部分，当作私有财产般任意处置，固执地以自己的观念和生活方式要求子女，无视子女的独立人格，使他们活得痛苦不堪；另一方面又体现在夫妻间的过分占有，男女地位的不平等，使妇女在很长时间内只是男性社会的附庸，彼此活得很不自由。

我执，使人与人之间产生严重的隔阂，是造成人类不平等的根源。我执，引发人生的种种烦恼，又是社会犯罪的祸根。我们每天何止百次千次说到"我"，然而，究竟什么是真正的"我"？在生活中，我们有身外之物，有身内之物。身外之物，包括我们的事业、名誉、地位，包括我们的信用卡、房子、汽车，还包括我们的妻子、儿女、朋友，以及诸如此类的一切。我们时常将它们作为生活的尺度和成功的标准，将它们和"我"混淆在一起，不分彼此。

在生活中可以发现这样的例子：若事业成功，便觉得高人一等，而职业低贱，又会自惭形秽；若家资巨万，便觉得趾高气扬，而身无分文，又会无脸见人……事实上，稍微清醒一些的人都会知道，这些东西只是暂时为我所有，它们中的每一样都逃脱不了无常的规律。我们的名誉地位，无法永远保有；我们的信用卡、房子、汽车，随时都会更换主人；即便是我们的妻子儿女，也可能在聚散离合中变换相互的关系。由此可知，这些身外之物并不能代表真正的"我"，我们只是出于错觉，才把它们当成"我"的一部分。

那么，我们的身内之物，这个生命体总该是"我"的吧？通常，每个人最关心的就是自己的身体。当我们为他人付出一些劳动，总会计较报酬，计较得失。可一生几十年的光阴，都在为我们的色身服务，忙它的衣食，忙它的成长，却无怨无悔。这样看来，色身似乎理所当然地代表着真正的"我"了。可我们再分析一下，就会发现，色身也不过是四大的假合。现在医学发达,人身上的许多器官都可以像机器零件一样随时更换。当你的腿断了,可以换上义肢;当你的心脏有了问题,可以换上合成材料制作的人工心脏;甚至换头也不再是神话,不久的将来,人就可能在自己肩上摸到另一个头,那个头到底是不是你呢?而且,色身每天都处在不断的新陈代谢中。从婴儿到少年、成年,每一天都在成长,然后又开始逐渐地衰老、败坏。我们的色身,又有哪一刻不在变化中?肉食的人,组成色身的原材料,是动物的肉;素食的人,组成色身的原材料,是蔬菜和瓜果。所以在动物界,肉食动物的性格都比较凶暴,而素食动物则相对温和许多。色身有如住房,只供我们暂时住一住,我们无法永远拥有它,更无法让房子永远不败坏。生命只在呼吸间,当我们还有一口气在,可以很活泼,很灿烂;倘若哪天一口气上不来,就该腐烂发臭了。可见,色身也不能代表真正的我。

　　再来看一下我们的精神活动。精神领域是一个错综复杂的世界,不会比庞大的政府机构简单。在色身成长的岁月中,精神领域也不断得到充实。就我自己的人生经验来说,我的观念和知识,离不开小时候父母的教诲、上学后老师的教育,以及走上弘法道路后社会给予的影响。我现在的所思所想,都是长期以来一点一滴形成的。尽管我们每天都会不断表述:我的想法!我的看法!不时发表一些高论,但我们注意一下就会发现,在人生每个阶段,想法和看法并非一成不变的,而是随着阅历的丰富和知识的增长,逐渐发生改变。尽管我们每天都会不断强调:我喜欢,我讨厌;我快乐,我痛苦……我喜欢的时候,对方的缺点也是优点;我讨厌的时候,对方的优点也成了缺点。我快乐的时候,浑身每个细胞都在笑个不停;我痛苦的时候,日月星辰也显得暗淡无光。痛苦时的我,无法想象快乐时的我;快乐时的我,同样无法想象痛苦时的我。那么,究竟是痛苦时的我代表真正的我,还是快乐时的我代表真正的我呢?

"我",究竟是什么?从以上分析,我们了解到,所谓的我其实是由许多非我的东西组成。而这些非我的东西,哪一样都不能代表真正的我。如果我们把它们当成"我",人生就会充满烦恼。

我们要用缘起的智慧观照人生,充分认识到,财富、地位、家庭、事业、名誉及世间的一切,甚至包括我们的色身,都是无常变幻的。我们不可能永远拥有,更不能将它们当作真正的我。如果我们认识到这一点,就能减少对世间万物的执着,让心从物欲中解脱出来,再也不被它们左右,不为它们要死要活,从而保有心态的超然、人格的独立。

我们也要用缘起的智慧观照心念。在我们的内心,有种种不同的想法和情绪。有人说世道险恶,但我觉得人心更险恶。说到人心时,大家想到的可能只是他人的心,但我指的是每个人自己的心。我们的心中有无数陷阱:贪婪的陷阱、嗔恚的陷阱、自私的陷阱、怀疑的陷阱、骄傲的陷阱、嫉妒的陷阱、欲望的陷阱、愚痴的陷阱及不良嗜好的陷阱……如果没有智慧观照,心就会时常落入这些陷阱,让贪婪、嗔恚、猜疑、骄傲、嫉妒和欲望支配着我们。如果没有智慧观照,心就会沉迷在这些陷阱中不自知,把眼前的一点小利当作生活的全部,被当下的一点情绪主宰我们的心灵。

如果没有智慧观照,我们就会缺乏辨别真相的能力,不能透过现象看到事物的本质,把这些原本非我的东西当成我,造成无尽的烦恼和痛苦。我执,是世间一切痛苦的根源,一切烦恼的根源,一切灾难的根源,一切犯罪现象的根源……只有通达无我,才能消除由此而来的一切过患。

通达无我的真理,我们就能更好地把握心念。对每种想法的产生都能清清楚楚,对每种情绪的出现都能明明白白,就不会心甘情愿地做它们的奴隶。

通达无我的真理,我们就能正确地认识生命。不再盲目地执着身内或身外之物为我，不被世间的无常变化所困扰。

通达无我的真理，我们才能开发本自具足的智慧，找到本自具足的佛性。

自我的回归，让我们回归生命的本来！

佛教的环保思想

在开始本文的写作之前，我查阅了一些相关资料。在这里，我不想再重复那些触目惊心的报道和数据，相信这对每一位真正关心环境问题的人都不是新鲜的话题。我觉得也没有必要就环保的必要性和迫切性展开论述，相信在这一点上，应该也不会有人公开表示反对。但问题是，为什么环境恶化始终得不到有效逆转？

如果将环境污染比作地球的一场疾病，在"病来如山倒"的今天，我们是不是还能够对它的痊愈抱有乐观态度？我想，问题的关键一方面在于实际行动，另一方面还在于治疗方案，在于所采取的措施是治标还是治本。

如果我们的环境保护仅仅是在污染出现后才设法治理，在灾难降临后才设法补救，那么，在这场环境保护与环境危机的赛跑中，我们永远都是被动的，注定无法取得最后胜利。事实上，真正的污染源不只是几家企业，也不只是几个伐木者，而是整个人类的生活方式。

人生佛教的弘扬，正是致力于从佛法角度为民众提供健康的生活理念，以此解决当今社会存在的各种问题。那么在环保的问题上，佛法又能给我们带来什么样的启迪和帮助呢？

克服欲望和贪婪

在佛法中，将贪、嗔、痴比作危害心灵健康的三毒。尽管它们是无形的，至少到目前为止，还没有任何一种科学仪器可以测量到它们的存在，但由此带来的后果往往是有目共睹的。

所以，古今中外的宗教家和智者都将少欲知足作为人类的美德，作为人格升华的基础。在佛教修行中，同样以此作为理论和实践的准则。《佛遗教经》中，佛陀这样告诫他的弟子：

"汝等比丘，当知多欲之人，多求利故，苦恼亦多；少欲之人，无求无欲，则无此患。直尔少欲，尚应修习，何况少欲能生诸功德。少欲之人，则无谄曲以求人意，亦复不为诸根所牵。行少欲者，心则坦然，无所忧畏，触事有余，常无不足。有少欲者，则有涅槃，是名少欲。"

如果对一个修道者来说，过多的欲望能阻碍他的解脱，那么对整个人类的命运而言，过多的欲望就会造成毁灭性的灾难。需要说明的是，这里所说的欲，主要指盲目的物欲。因为佛教将欲分为善、恶、无记三类，并非所有欲望都是不合理的。

欲望之所以会有如此的"能量"，就在于它永远处于发展进程中。如果不从根本上对治它、铲除它，它就会无休止地驱使我们为之效力。现代人非常重视个人自由，我们总是在抱怨环境的束缚，抱怨家庭的束缚，事实上，即使外在环境没有制造任何压力，我们的心灵也未必能真正获得自由。

因为欲望是无所不在的，我们往往在不知不觉中就会被它控制，将主权拱手相让。欲望又是永无止境的，一个欲望得到了暂时满足，新的欲望又会接踵而至，向我们提出更多的要求。当我们有了一千块的时候，就希望得到一万块，然后必须为完成这九千块的目标努力；当我们有了一万块的时候，就希望得到十万块，然后又必须为完成这九万块的目标努力。常常是，我们拥有得越多，反而感觉自己缺少得越多。只有一千块的人，认为自己只缺九千块；可有一万块的人，会认为自己还缺九万块。既然世上有坐拥亿万家产的人，我们希望得到的一万和十万似乎不是过高的要求，希望得到百万和千万似乎也不是痴人说梦。且不论最后究竟能实现什么目标，问题的关键是：我们向谁去索取这一切？不论我们采取什么样的方式，负担最终会落到自然身上，因为大自然才是生产资料的唯一提供者。

人类曾经梦想制造出永动机，其实，欲望就是我们的永动机。具体到每个人，这一生的欲望会随着色身的消亡而结束。但对整个人类社会来说，一方面，个人欲望正随着经济发展飞速增长；另一方面，人口递增又制造出庞大的基数。所以这台以欲望为动力的机器，非但永不停止，还会以更强劲的功率运转。现代社会习惯以数字来总结一切：人均收入、国民生产总值等。如果欲望也能以相应的量化指标来衡量，我相信，不论是人均欲望还是世界欲望总值，都远远超过以往各个时代。

和这急剧增长的欲望所对应的又是什么？是地球日益贫乏的资源储备，是业已失去平衡的生态环境。或许，我们觉得自己没能力也没必要去关心森林的减少，去关心水土的流失，去关心臭氧层的空洞。但即使再麻木的人，也不会看不见河流的污染，不会感觉不到空气的污染。长此以往，不仅我们向往的财富会成为无本之木，即使我们的日常生活也会受到致命影响。我们还能喝什么？我们还能呼吸什么？

地球是我们赖以生存的唯一家园，皮之不存，毛将焉附？如果我们不能有效节制欲望，一味向自然索取，只能落得自掘坟墓的下场。那么，如何才能对治欲望？佛陀接着告诉我们：

"若欲脱诸苦恼，当观知足。知足之法，即是富乐安隐之处。知足之人，虽卧地上，犹为安乐；不知足者，虽处天堂，亦不称意。不知足者，虽富而贫；知足之人，虽贫而富。不知足者，常为五欲所牵，为知足者之所怜悯，是名知足。"

知足，也是中华民族的优良传统，知足方能常乐。从另一个角度说，知足就是要懂得珍惜自己拥有的一切。在过去的丛林中，老和尚总是告诫弟子们要惜福。现在想来,这句话的确特别有道理。

　　从个人来说,一生的福报有相对固定性;从人类的生存环境来说,拥有的资源也是有限的。在过去几千年中,我们已经习惯于大自然无私的奉献和给予,似乎这个宝藏是无尽的,可以供我们尽情索取。但随着人类对地球有更多了解之后,我们才发现,资源是非常有限的。如果说大自然的恩赐是人类共同的福报,那么它不仅属于我们的祖先,属于我们,更属于我们的子孙后代。曾经有人说,我们不是从祖先手中继承了这个地球,而是从后代手中借来了这个地球。如果我们不懂得珍惜,不懂得合理使用,而是像败家子般任性而为,那么,大自然赐予的这份福报很快就会被我们挥霍一空。到那时候,我们的子孙又何以为生?等待人类的又将是什么样的命运?

　　十六世纪以来,在西方物质享乐主义的影响下,人们多追求及时行乐,物欲高于一切。当追求物质利益成为最高目标时,人类也不知不觉地物质化了。我们总以为,只要有了丰富的物质条件,人类就能过上幸福生活,世界就能获得和平安定。但在物质文明高度发达的今天,摆在我们眼前的现实却是:贫富差距越来越悬殊,社会问题越来越多,为争夺资源导致的争斗也始终没有停止。由此可见,关键不在于生活达到了什么水准,归根到底还是人类自身的问题。确切地说,是人类心灵的问题。

　　佛教认为,心是主导行为的关键。心净则国土净,心染则国土染。只要人类的贪嗔痴还存在,对能源的过度开发就不会停止,对生态环境的肆意破坏也不会停止。如果我们希望拥有清净、安定的世界,首先就要净化心灵,克服内心的贪嗔痴三毒。只有这样,人类才会有光明的前景。

纠正幸福的观念

近几个世纪以来，科技发展为人类带来了崭新的生活。尤其在西方发达国家，物质文明达到了前所未有的高度。虽然中国人穷了很久，但在过去那些缺乏参照的年代，我们并没有因为贫穷而心理失衡。改革开放以来，人们惊奇地发现，外面的世界原来如此精彩。几乎在一夜之间，致富成了民众最为迫切的愿望。应当承认，生活富足的确具有诱惑力，而在这一点上，人类也的确拥有平等的权利。各行各业都在与世界接轨，为什么我们的生活水准就不能向发达国家看齐？

理论上说，这一要求是合理的。但是，摆在我们面前的事实又是什么呢？虽然我们拥有九百六十多万平方公里的陆地国土，虽然我们向来以地大物博为豪，可中国还有太多的人口，这使得我们的人均资源远远低于世界平均水平。

在发展经济的共同目标下，人们的潜在力量被彻底激发。遗憾的是，在很多时候，人类的创造力与破坏力是成正比的。森林被大批砍伐，矿产被过度开发，连野生动物也在劫难逃。是的，或许它们都转换成了我们梦寐以求的财富，但大自然却因此更为贫瘠。钱很快就会用完，树木又需要多久才能成林？生态又需要多久才会恢复？

从另一个角度说，财富能否等同于幸福？我们在世间的生存，的确离不开必要的物质条件。但在基本生存解决后，财富还能为我们带来什么？钱能买到药品，却买不到健康；钱能买到食物，却买不到食欲；钱能买到享乐，却买不到快乐。

在今天，很多人对财富的追求，早已不再是为了维持生计，而是转向财富的积累。对他们来说，财富的意义或许就体现在数字变化上，今天增加一个零，明天又减少一个零，如此而已。问题是，一旦陷入这样的追求，心态就会随着数字的增减而变化，似乎人生的全部意义就在于此。只要有利可图，其他一切算得了什么？现在有句话叫作"穷得只剩下钱了"，这不仅仅是幽默，事实上，正是相当一部分人的真实写照。可悲的是，当整个社会走向这一歧途时，道德解体了，自然破坏了。最后的结果或许就是，整个世界也穷得只剩下钱了。

这使我想起一个故事：从前有个做梦都想发财的人，一天，幸运终于降临到他的头上，甚至比他想要得到的更多。因为他获得了点石成金的魔力，任何东西只要一经他的手，就会变成真正的黄金。他迫不及待地将屋子变成了黄金的宫殿，然后是花园、街道。当最初的狂喜渐渐平息之后，他想起应当和家人一起来分享这份奇迹，可他的妻儿也成了冷冰冰的纯金塑像。于是他开始感到孤独，只好安慰自己说："毕竟，我有了再也用不完的黄金，虽然没有了亲人，但我还可以用金子买到想要的一切。"结果他很快对购物厌倦了，因为他买来的一切都变成了同样的金子。最后他饿了，这时他才发现，所谓的幸运已为自己带来最大的不幸，因为所有食物在他手中都成了无法食用的金子。"老天啊，把我的魔力收回去吧！"他哭泣着，恳求着，在饥饿和孤独中慢慢死去。

如果有一天，我们真的把自然中的一切都变成了钱，钱能买到的或许也只是钱了，我们又将何以为生？所以说，财富绝不是生活的唯一目标，更不是幸福的唯一保障。

从佛法观点来看，幸福是由众缘和合而成的。从个人生活来说，幸福离不开良好的心态和健康的身体。此外，和睦的家庭、真诚的友谊、纯洁的情感，都是幸福不可或缺的组成部分。从整个社会来说，幸福又是建立在世界和平的基础上。时至今日，不论人与人之间，还是地区与地区之间，乃至国家与国家之间，为掠夺资源爆发的争斗始终没有停止。当世界失去安宁的时候，生活其间的每个人何尝有幸福可言？而从生存环境来说，人类命运又是与自然息息相关的。我们的幸福来自大自然的馈赠，来自大自然的哺育，所以保护自然也是获得幸福的必要前提。只有认识到幸福的真正内涵，我们为寻求幸福付出的努力才能行之有效。

改变生活方式

观念直接决定了我们的价值取向，也直接影响着我们的行为和生活方式。

生存离不开必要的物质利益，那我们应当如何追求利益呢？应该说，我们的现实利益和长远利益是一体的，自身利益和社会利益也是一体的。遗憾的是，现在的人很少意识到这一点。这和享乐主义的盛行是分不开的，既然人生是断灭的，至多不过百年而已，所谓的人生目标自然不可能更长远，眼前利益也自然高于一切。

这种急功近利的思想，使得人们寻找一切可能致富的捷径，丝毫不考虑这些短期行为将会带来什么样的后果。二十世纪八十年代中期，乡镇企业迅速遍及中国大地，在高峰期达到一千多万家，万元村乃至亿元村都不再是神话。但在农民富起来的同时，被占用的耕地有多少？被污染的河流有多少？据有关专家预测，如果不坚守十八亿亩的红线，按照现有发展趋势，中国两百年后将无地可耕。

如果说农村的致富是以丧失土地为代价，那么，都市的繁荣又是以什么换取的呢？为了满足我们日益膨胀的物欲，多少资源被无谓地消耗了？仅以包装为例，每年用于包装的材料要吞噬多少森林？要制造多少垃圾？我们将有用的资源变成无用的垃圾，仅仅是为了刺激一下人们的消费欲。我们是否想过，带动消费的同时，就是在鼓励我们浪费——浪费所剩无多的自然资源！

在市场经济的准则下，企业的成功在于能否制造商机，商业的繁荣在于能否带动消费。这一切，使我们的生活习惯发生了彻底变化。节俭是祖先千百年来倡导的美德，但在今天，我们轻易地丢弃了这个传统。仅仅是几年时间，我们甚至习惯了一次性消费。过去的人，一生也许都用不了几双筷子，但一次性筷子的推广，使我们的消耗超出了祖先的几百甚至几千倍。是的，我们已经有了支持这种消费的财力，但我们是否也有支持这种消费的资源呢？还有那些一次性的塑料袋、一次性的饭盒、一次性的杯子、一次性的宾馆用品……生活固然是多了点便利，地球却多了难以承载的垃圾。据说在卫星照片上，这样的白色垃圾已经和长城一样醒目了。如果这也是现代文明的产物，那么只能是文明的耻辱。

生活观念的改变还表现在对时尚潮流的追逐。每年甚至每季度都会推出的流行时装，使服装仅仅因为款式过时就被我们舍弃。即使是耐用的电子产品，同样在以惊人的速度更新换代。我们已经有了彩电，电脑也可以继续使用，但既然厂家推出了更新的型号，为什么就不能换一个？为什么一定要像从前那样物尽其用？不知什么时候开始，"旧的不去，新的不来"已然成了现代人的消费口号。需要指责的只是商家吗？事实上，我们的消费观也在决定商家的投资取向，彼此的关系是相互的。

佛法认为，任何行为都需要有因和缘的推动，两者缺一不可。从这个角度来说，所谓的市场导向其实只是一种外缘，是一种鼓动消费的增上缘，关键还是取决于我们自己。如果我们懂得惜福，如果我们不是那样喜新厌旧，不是那样积极响应商家推出的每一款新品，市场的需求就不会那么大，对资源的消耗就不会那么快，制造的垃圾也不会那么多。

如果我们将自己定位为一个自然人，基本的衣食住行实在所需无多。但如果我们将自己定位为一个现代人，一个走在时尚前列的现代人，那我们的需求就会永无止境，对自然的消耗也会永无止境。所以人类要改变生存环境，就必须从根本上改变观念，回归简单自然的生活方式。我们的需要越多，付出的也就越多。科技发展了，生产力提高了，但我们的生活并没有因此而变得轻松。正相反，现代人普遍感觉活得很累，在竞争的压力下不堪重负。我们不仅累了自己，更累了哺育我们的自然。

正确认识人与自然

千百年来，人类依赖自然的给予生活。与此同时，对大自然的探索也始终没有停止，希望以此改善生存条件。那么，人与自然究竟应当是一种什么样的关系呢？

在中世纪，神学占据了欧洲文化的主导地位。对上帝的信仰，使得回归神的怀抱成为人生唯一的归宿。启蒙运动之后，随着人本思想的兴起，人生观和价值观发生了极大的变化，人类在世界的地位也得到重新确立。人与自然的关系开始倾向于二元对立，从上帝之子、自然之子转而成为地球的主人。人类不必臣服于上帝，更不必臣服于自然，正相反，万物不过是为我所用的消费品，自然不过是生产资料的提供者。人类在欲望的怂恿下，将征服自然当作理所当然的权利，向大自然无尽索取，以满足人类最大限度的需求。

在东方传统文化中，人与自然的关系是统一的。儒家崇尚天人合一的境界，将人与自然的和谐作为人生的真正享受，将人与自然的感应作为人生的最高境界。

佛教更进一步提出了"依正不二"的思想。所谓"依正"，即依报和正报。佛教将人类称为正报，将我们生存的世界称为依报。正报和依报是息息相关的，依报败坏了，正报则无以生存。佛教认为世界是缘起的，它的存在和毁灭来自条件的成败，来自因缘的聚散，所谓"有因有缘世间集，有因有缘世间灭"。那么，它的发展规律是怎样的呢？佛陀告诉我们："此有故彼有，此生故彼生；此无故彼无，此灭故彼灭。"这一偈颂揭示了事物存在的内在联系。人与人的关系、人与自然的关系、自然与自然的关系，都是互相影响的，一荣俱荣，一损俱损。破坏大自然，和大自然对立，无疑会使人类自取灭亡。

大自然孕育了人类，过去我们总是将自然比作母亲。尤其在人类生活的早期，万物有灵的思想曾经盛行于世界各民族，这也使生态得到了很好的保护。随着科学的发展，自然的奥秘被不断呈现在我们面前，人类开始变得狂妄。与此同时，自然也开始失去安宁。但不论我们是以什么样的态度对待自然，都无法改变人与自然的关系。毕竟我们生于斯，长于斯。我们建造了钢筋水泥的城市，制造了现代科技的产品，但从过去、现在到将来，我们的生活从来离不开脚下这片土地。现代化环境虽能为生活带来诸多便利，却不能滋养我们的心灵。只有回归自然，才会使我们真正地放松，才会缓解紧张生活带来的压力。

在今天这个商业社会，似乎只有财富才是至高无上的。可是和大自然的给予相比，一个人拥有的财富又算得了什么？是自然给人类提供了无尽的资源，使人类得以延续并发展。如果没有汽车、电话，人类一样可以生存，但如果没有粮食和水，人类又能维持多久？更不必说我们须臾不可离开的空气。所以，大自然提供的一切才是生存最基本的需要。我们离不开太阳的光明，离不开江河的哺育，更离不开大地对我们的负载。

现代化的生活环境需要通过劳动去创造，而大自然的给予却不需要我们用金钱去交换。我们只要懂得珍惜，懂得保护，就能永远享有。如果我们为了眼前的一点利益，而以破坏自然为代价，无疑是饮鸩止渴。现在有句话叫作"年轻时以健康换金钱，年老时以金钱买健康"。我们都知道，健康不是金钱可以买到的。同样的道理，我们现在或许能以自然换来金钱，到将来，我们还能以金钱买来大自然曾经无偿为我们提供的一切吗？或许有人会说，河流污染了，我们不是还有瓶装的矿泉水可以喝吗？那么到大气污染得无法呼吸的那一天，我们又去哪里采集新鲜空气出售呢？即使可能，我们为购买空气付出的费用，又需要多少劳动才能换来呢？

尽管人类对宇宙已经有了越来越多的了解，但至少到目前为止，还没有发现比地球更适合人类居住的星球。所以，地球是我们唯一的家园。当居住的房子倒了，我们可以搬家；当生活的城市毁了，我们可以迁徙；可当我们生存的地球趋向毁灭，人类又到哪里寻找安身立命之地呢？

我们必须改变人类中心论的观点，从自然的使用者、破坏者，成为自然的看护者。不论我们出于什么样的动机毁坏自然，都等于是在谋害自己的母亲。那么，人类可能在这样的罪行中幸免于难么？所以，我们应该像对待母亲一样去对待大自然，像尊重母亲一样去尊重大自然。只有这样，我们才会继续得到自然的呵护，才会在它母亲般的怀抱中获得安宁。也只有这样，人类才不会在背弃自然的任性行为中走向毁灭。

培养良好的心态

人类之所以为万物之灵，是因为有一颗不同于动物的心。烦恼和痛苦，是来自心的感觉；快乐和幸福，也是来自心的感觉。我们要充分认识到心的作用，正是它，直接或间接地影响着世界。从这个意义上说，生态环保能否见效，关键就在于我们以什么心态对待自然。

1. 感恩心

人类总是不停地追逐，却不懂得对已经拥有的一切心怀感恩。我们能拥有明亮的眼睛就是财富，因为对那些盲人来说，绚丽多姿的彩色世界是不存在的；我们能拥有清晰的听觉也是财富，因为对那些聋者来说，悦耳动听的音声世界是不存在的。所以我们要感恩父母给予自己健全的色身，仅仅在这一点上，我们是多么富有和幸运啊！

同样，我们要感恩大自然的馈赠。假如有一天，太阳不再如期而至，地球会陷入黑暗；假如有一天，江河不再提供水源，人间会成为废墟；假如有一天，空气不再充盈天地，世界就会令人窒息。我们享受着阳光和空气，却不必为此付出任何费用。我们已经习惯了这样的免费享受，习惯到熟视无睹的地步。滴水之恩，尚要涌泉相报，我们从自然中得到的，又岂止是滴水之恩？如果说我们有享受自然的权利，那么同样有保护自然的义务。不仅是为了使用自然而珍惜它，更是为了表达一份感恩的心。

佛陀告诉我们，世界会经历成住坏空的过程；天文学家也告诉我们，地球会有毁灭的一天。按照正常发展规律，这一天的到来还非常遥远，其最终结果也不是人类所能左右的，但我们的行为却会加快或减缓它的毁灭速度。尤其在今天，被现代科技武装起来的人类，破坏力已远远超过从前。在人类生活的早期，祖先也砍伐过森林，也捕杀过动物，但这些行为造成的后果，尚不足给世界带来毁灭性的灾难，与自然的丰富蕴藏相比，还是微不足道的。或许正是自然的宽容，将人类纵容到今天这种忘恩负义的地步。但自然不会永远沉默，事实上，频频发生的自然灾害，正是它向人类发出的一次又一次警告。如果我们还不能反省，而是继续随心所欲地生活，无疑是在加速自己的灭亡。

大自然不仅为我们提供了赖以生存的物质，更以它的宁静祥和滋润着我们的心灵。世上还有什么比大自然展现的美更加丰富吗?还有什么比大自然带来的享受更令人心旷神怡吗?遗憾的是,现代人似乎已经忽略了自然的存在。我们每天想到的只是金钱、事业,想到的只是复杂的人际关系,喧闹的声色刺激。我们没有闲暇去欣赏田园风光,没有心情去感受鸟语花香。电力使城市彻夜灯火通明,却使皎洁的月光变得暗淡,我们已很难理解古人对于明月的眷恋,也不再对它带来的清凉心怀感恩。当诗情画意从生活中悄悄溜走时,我们越来越浮躁的心又靠什么去滋润呢?

从钢筋水泥的建筑中走向郊外吧,在自然的怀抱中放松身心,体会一下清风带来的慰藉,泥土带来的芬芳。只有当我们真正懂得享受自然的时候,才会由衷感激它的给予,才会珍惜它的一草一木,而不是去污染江河,那是自然的血脉;不是去破坏植被,那是自然的毛发;也不是去掠夺矿藏,那是自然的骨骼。如果说自然对每个人都是平等的,那么它不仅属于今天的我们,也属于我们的后代。我们是继承者,但绝不是唯一的继承者。

2. 尊重心

佛教认为我执是人类一切烦恼的根源,正是因为这种强烈的我执,我们才觉得一切都要为我所用。这种错误的认识,不仅导致了人与人之间的争斗,也导致了人与自然之间的冲突。因为我执不仅为我们带来了烦恼,也带来了暴力和毁灭。我们只有正确认识人与自然的关系,尊重自然的发展规律,才能与自然和平相处。所以说,生态文明就是建立在人与自然的平等关系上的。

大自然有它既定的运转程序,一年四季,播种有时,收获有时;世间万物,出生有时,消亡有时。与自然的存在相比,人类历史是极其短暂的。但自我中心主义的盛行,却使人类妄想成为自然的操纵者。我们随意地开发自然,试图将地球改造为一个巨大的施工现场,除了制造一个人为的机械世界,我们能制造出崇山峻岭,制造出江河湖海吗？我们可以种植草坪，但能种植出草原吗？我们可以发电，但能与太阳提供的能量相比吗？

我们还根据自我需求来决定动植物的命运。在现代化的饲养场，家禽从生到死都被固定在牢笼似的方寸之地，吞吃含有激素的饲料，只是为了让它们尽快走上人类的餐桌，结果却是让人类间接吞吃那些合成饲料。为了粮食丰收，我们大量制造并使用杀虫剂，且不说由此造下的杀业，我们最后又得到了什么？粮食似乎多了，但都是被农药污染过的慢性毒药，结果是我们为了生存不得不每天服毒。随着医学研究的深入，我们研制出越来越多的抗生素，但人类并没有在和细菌的对抗中远离疾病。事实上，新的耐药菌不断出现，无休止地与人类展开竞赛。

我们以为有了科技的武装，就可以随意地改造自然，可以创造出一整套崭新的发展规律。当我们陶醉于舒适的生活环境时，可曾想到，安乐只是暂时的，更大的灾难还在后面。如果我们不尊重自然的规律，不顺应自然的法则，只能将人类和自然共同推向不断毁灭的恶性循环之中。

3. 爱心

我们懂得爱他人，才有资格接受他人的爱，也才有因缘得到他人的爱。在我们的成长过程中，有父母和兄妹的爱，有妻儿和朋友的爱。如果我们不懂得珍惜，不给予相应的回馈，这份爱就会像无源之水般逐渐枯竭。

我们和自然的关系也是同样。大自然对人类的爱，似乎没有任何条件，又似乎无穷无尽。但如果我们对世界缺乏爱心，不去创造爱的因缘，我们拥有的一切很快就会结束。是的，自然的给予不需要我们用金钱去交换，但它需要一份爱心、一份珍惜。在人类出现之前，地球是富饶的、绿色的。千万年来，大自然无偿地哺育着人类。但它也是有血有肉的，在它的血肉被不断榨取后，它也需要爱护，需要休养生息。

让我们停止那些釜底抽薪式的掠夺吧！让我们用行动来保护自然，用爱心来慢慢抚平自然的伤口。我们爱护河流，江河才会流淌清洁的水源；我们爱护植物，大地才会成为美丽的花园；我们爱护动物，动物才会成为人类的朋友。

在今天，地球上的物种已越来越少，不仅如此，它们还在以更快的速度消失。如果我们不停止盲目的破坏，不对此加以保护，终有一天，会成为地球上的孤家寡人。当一切生物的末日来临时，人类的末日还会远吗？佛教所提倡的不杀生，正是基于对一切有情的慈悲。现代社会提倡人权，但佛教在两千多年前就提出了"众生权"。慈是给予众生安乐，悲是拔除众生痛苦。我们要以这样的慈悲之心对待一切众生，不仅杜绝杀生，更要积极地放生和护生。如果我们能对动物付出爱心，同样能对人类付出爱心，为社会带来"我爱人人，人人爱我"的和乐景象。从这个意义上说，慈与悲就是爱心的升华，是对自然最有力的保护措施，也是实现人间净土的力量。

从佛法视角谈「断舍离」

我们的生活美学推出了"断舍离"的项目,很有意义。断舍离的概念流行已久,大家应该听说过,也有人不同程度地实践过。为了项目的开展,我和项目组做了一些沟通,也在网络上查询相关资料,发现断舍离正和我们倡导的禅意空间、静心慢生活相吻合。

禅意空间的特质,不仅是体现某种风格,更重要的,是传达相应的生活理念乃至人生态度。在设计上,"空"是其指导思想和特色所在。别院的各个空间,从材料选择、物品陈设到色彩搭配,无不遵循简约的原则。身处这样的空间,心就容易静下来。同时我们也发现,禅意空间对使用者的要求很高。如果缺乏素养,不能善加使用和维护,再好的空间也会逐渐走样,最终像仓库般凌乱不堪。这就必须保持简约、有序的生活,才能与禅意空间相得益彰,彼此滋养。简约,即东西少,否则就无法空灵;有序,即作息规律,物品整齐,使用后各归其位。这是打造禅意生活的关键,也是断舍离的核心。后者的长处在于,为我们提供了具体的操作细节和实践经验。

进一步,我们还要看到断舍离蕴含的修行高度。断舍离的关键是舍,修行也是不断舍弃贪着的过程,正如《入菩萨行论》所说:"舍尽则脱苦,吾心成涅槃。"贪着无非两种:一是对自我的贪着,一是对世界的贪着,又称我执和法执。当我们对自我和世界不再有任何贪着,才能成就解脱,走向觉醒。带着这样的见地修断舍离,就是和解脱相应的法门。

所以说,断舍离既能提升生活品质,还能增上修行,净化身心,是世间法和佛法的有效结合。

何为断舍离

1. 断舍离的缘起

断舍离的概念，是日本杂物管理咨询师山下英子在2000年提出的。其后，她在各地举办讲座，影响日增，并于2009年出版专著《断舍离》。本书2013年传入中国后，引起了极大反响，累计印量达数百万册。

为什么断舍离会引起那么多共鸣？因为它针对现代人普遍存在的问题，提出了一系列解决措施。当代社会物质丰富，我们拥有的衣物和用品，可能是古人的百千倍之多。很多人家中塞满东西，需要时却遍寻不着，严重影响生活品质。基于这一状况，出现了专事整理的从业者，帮助大家清理并收纳物品。但如果不能从根本上改变生活方式，继续不断地买买买，这种整理是难以长期奏效的。

山下英子在大学期间就学习瑜伽，她受印度瑜伽哲学的影响，从"断行、舍行、离行"的思想中，提炼出"断舍离"的理念。通常所说的断舍离，局限于对物品的处理，事实上，它还关系到我们的生活方式，关系到世界观、人生观、价值观。只有依断行、舍行、离行的指导调整生活，取舍得当，才能使物品为我所用。否则，往往在不知不觉中就被海量的物品包围。

2. 断舍离的含义

"断舍离"有三层含义。一是断，断绝不需要的东西，包括不购买、不收取。这就需要明确，哪些是自己真正需要的？看看我们的周围，究竟有多少是必需品？很可能，整个生活都被可有可无的东西包围着。二是舍，舍弃多余、无用的物品。三是离，脱离对物品乃至欲望的执着。

三者是有次第的。断，是不制造问题；舍，是处理已有问题；离，是铲除问题根源。

断舍离源于印度的文化传统。印度宗教众多，思想各异，但普遍以轮回和解脱为核心。他们认为轮回是痛苦的，人之所以落入轮回，是因为欲望的束缚。只有断除欲望，才能摆脱轮回，导向解脱。基于此，这些宗教强调禁欲和苦行，希望通过自苦其身来断欲并解脱。据说，至今仍有五百多万人在修苦行，有人高举右手四十多年不放下，还有人持牛戒、狗戒、猪戒，过着动物般的生活。不仅印度如此，世界上的其他宗教也曾在不同程度上崇尚苦行，以此对治欲望。那么，佛教是怎么看待这个问题的？

佛陀修行之初，也经历过艰苦卓绝的自我折磨，最终发现苦行并不究竟，所以提倡中道。一方面要少欲知足，摆脱追逐欲望的本能；另一方面要远离无益苦行，即单纯为吃苦而吃苦的、无意义的极端行为。而对有益解脱的苦行，佛陀是认可的。如早期提出的四依、头陀行等，在世人看来也近乎苦行，但目的是断除贪欲，精进修行。

此后，佛陀又根据众生根机制定了一系列戒律，如别解脱戒、菩萨戒等。制戒的目的，是通过对行为和生活方式的规范，为修行营造清净的心灵氛围。在此基础上，才能进一步得定发慧。

戒包含了"此应作"和"此不应作"。从某种意义上说，断舍离也有戒的内涵，即"此应舍"和"此应取"。在清理物品的过程中，我们要观察内心取舍，以此梳理人生。这将直接关系到我们怎么生活，怎么看世界，怎么选择未来。所以断舍离是可深可浅的，可以是整理技术，也可以是生活哲学、人生智慧。在佛法正见的指导下，还可以和解脱相应。

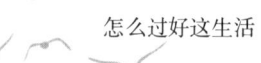
怎么过好这生活

断舍离的对象

断舍离,到底断什么?我们通常想到的,是把多余物品扔掉或送掉。其实,这只是第一步。从这三个字蕴含的哲学,还包括对人生方方面面的审视,主要有以下六方面。

1. 生活用品

受西方生活方式的影响,整个世界都在无节制地开发资源,提高产能。有些厂家要求业绩逐年翻番,今年做一百亿,明年做两百亿。为了完成业绩,每年得卖掉几亿件衣服,这就必须不断刺激消费。过去,是因为有人需要买,厂家才生产衣服。现在却是厂家为了卖,让你觉得自己还需要衣服。这个需要是怎么产生的?主播带货、商家炒作、时尚潮流、基于大数据的精准推送……总有一种方式,会让你不停地买买买,结果房间就堆进了数以百计的衣服和鞋。结果是,有的连吊牌都没拆过,就被直接丢弃了。

从衣物本身的功能来说,我们真正需要的有多少?一年四季,能穿几件衣,穿几双鞋?有人以为,花自己的钱买东西,理直气壮,却没想过,这种过度消费是在耗用地球资源,耗用人类共同的福报。而资源是有限的,福报也是有限的,事实上,这种消耗已导致严重的生态危机,是天灾,更是人祸。

所以我们必须改变对消费的认识,准备买东西时,考虑一下,是不是自己真正需要的。很多时候,我们只是因为一念心动就买了,拥有后却发现并不是自己想要的,也没那么喜欢,甚至想不起究竟为什么要买。这一步很重要,只买自己需要的,物尽其用,才是对资源的有效利用。同时,也不会给生活制造不必要的累赘。

对此前已经制造的问题,要学会选择、整理和舍弃,只留下确实有用的部分。这两天的课程会介绍一些具体做法,包括怎么对物品分类,怎么选择自己需要的,以及看待物品的正确态度。总之,物品只是生活的辅助，是给人带来方便而不是麻烦的。

2. 自身饮食

饮食是生存的基本需求，但也会带来疾病等隐患，所以古人有"病从口入"之说。现代的各项研究充分证明，不当饮食会引发众多疾病。据有关资料显示，中国的各类慢性病患者数量日增，未来五年间，用于医疗的费用将达八万亿。这是多么惊人的数字！在影响健康的因素中，除了作息混乱、压力过重、负面心态等问题，胡吃海塞带来的危害也不容忽视。

这就要对饮食做断舍离，知道哪些食物是有益健康的，哪些是需要避免的。比如肉食，且不说杀生的危害，仅从家畜的养殖过程看，就问题重重。以前的家畜是自然生长的，但现在为了快速盈利，生长周期缩短了一半甚至更多。为了催熟要用激素，为了防病要用抗生素，短短几个月，它们在合成饲料和药物的相伴下，走上人类的餐桌。这样的肉食，积累了多少毒素，隐藏了多少危害？相比之下，虽然蔬菜也使用化肥和农药，但还可以清洗，可以选择有机或绿色无公害蔬菜，总体会更安全。

关于饮食的断舍离，主要有三点。

首先，选择健康的食物。食物是吃到肚子里的，还会参与全身的新陈代谢，不是放到抽屉不动的。一旦吃下去，想丢就不容易了。尤其是现在，某些商家为了牟利不择手段，违规添加，必须慎重选择。同时要了解相关知识，一是选择适合自身体质的食物；二是学会健康烹饪，避免重油重盐重糖的危害；三是看懂配料表，少吃或不吃添加剂过多的深加工食品。当然适量也很重要，再健康的食物，只要超量就适得其反了。

其次，在合适的时间吃。古人说"不时不食"，这个时，包括三餐时间和食物时节。从养生的角度，早餐要吃好，午餐要吃饱，晚餐则少吃或不吃。佛教也提倡过午不食，即使吃，也是作为服药那样，解决饥饿即可，不可贪味。但现在很多人正相反，早晨随便抓个东西边走边吃，起晚了干脆不吃；中午在单位对付一下；晚上却大吃一顿，不时还加顿夜宵。长此以往，势必影响消化、睡眠乃至免疫力，导致各种疾病或亚健康的状态。此外，尽量选择自然成熟的当季作物，而不是反季节农产品。

最后，和食物保持一定距离。戒律规定，僧团要把用斋和存放食物的处所单独结界，即划定范围。只有在这个范围内才能吃东西，否则就不吃。这是有效的阻断方式，否则，我们很容易在正餐外，不知不觉地吃下各种零食。尤其是现在，大部分零食含有多种添加剂，既增长贪欲，又损害健康。

做到这几点，可以建立正确的饮食习惯，在适合的时间，吃适宜、适量的食物。这点极其重要，因为饮食是人最基本的两大贪欲之一，稍有不慎就会落入串习。

3. 人际关系

走上社会，就伴随着各种人际关系，使人忙于应酬和各种活动。那么，这些交往对我们的生活、工作、人生成长有没有正向帮助，还是出于无聊或不会拒绝，结果为了应酬而应酬，为了活动而活动？怎么对这些关系做出审视？

"近朱者赤，近墨者黑"的古训，揭示了人际关系对成长的重要性。佛典也告诉我们，要选择善知识和善友，才于自身成长有益。如《瑜伽师地论》将"亲近善知识"作为四法行之首，《长阿含经》将"亲近善友"作为三成法之先，是增上修行的重要助缘。反之，和狐朋狗友在一起，无非吃喝玩乐，一味放逸，甚至沾染黄赌毒的恶习，走上犯罪道路。

这就必须做出选择。尤其在成长阶段，容易受环境影响，更要慎重对待。对善友，见贤思齐，虚心学习；对恶友，保持距离，以此为鉴；对非善非恶的普通关系，适度交往，不迎不拒。此外，有些情感纠葛不仅让自己痛苦，还会给他人带去麻烦，也要理智分析，当断则断，而不是沉沦其中。

作为学佛者，当我们有了一定的能力和定力，就要从利他的角度重新看待这个问题，不仅考虑对自己的帮助，更要考虑能给对方带去什么帮助。从发心上，可以扩大到一切众生，不论善恶都是我们利益的对象；从实际操作上，则要选择与己有缘者，即能够对他产生帮助的。如果不加选择，什么人都去帮，不仅难有效果，还可能产生副作用，白白耗费精力。所以慈悲是离不开智慧的，这样才能在不舍众生和审时度势中找到平衡，真正达到利他的效果。就像我们对不同的田地，要观察哪些可以播种，哪些需要开垦，哪些只能暂时搁置。如果盲目播种，可能种子撒完了，结果却什么都长不出。

总之，人际关系要从自利和利他两方面来判断，定位不同，标准也不同。

4. 言行举止

我们需要对生活加以审视，问问自己：从早到晚，时间是怎么安排的？做了哪些事？其中哪些是有价值的？哪些是真正需要做的？如果不加审视，时间会在不知不觉中就消耗了。和人闲聊，聊了半小时；打个妄想，打掉一小时；刷刷微信，逛逛淘宝，看看短视频，又过去几小时。事实上，这正是很多人的日常。尤其是手机普及以来，多少人沉溺其中，难以自拔。我们有没有想过，自己消耗的不是时间，而是生命？

日复一日，年复一年，时间真是很快。转眼，我出家时的老和尚们都走了，我也成了老和尚。尤其是这些年，大家应该对无常有了更深的感受。疫情前，虽然社会也在日新月异，但有相对的稳定性，容易给人带来常见的假相，以为努力就能实现既定目标。但现在会发现，无常来势凶猛。从疫情的持续波动，到日益严重的国际冲突、自然灾害，到处充满着不确定性。不管当下是老年、中年还是青年，谁都不能保证，今生的余额还有多少。可能在几十年后，也可能就在明年，甚至明天。即使还有几十年，能够用于修行的时间还有多少？

每天的定课中，我们都在忆念人身的暇满、义大、难得，有没有把这样的认识落实到心行？有没有提醒自己，珍惜光阴，善用时间？我们的身口意三业，有多少在正念中，多少在妄想中？有多少具有价值，多少只是虚度？

今天，整个环境都是和贪嗔痴相应的，特别需要对身口意三业做出断舍离，舍弃没价值的放逸行为，建立有意义、有规律的正念生活。从每天起床后，上午做什么，下午做什么，晚上做什么，要有明确的时间安排，精确到小时甚至分钟。有了指标，我们就知道什么时候该做什么，不该做什么。

从佛法的角度看，时间只是根据物体运行设定的，本身是假相。但同时，它也可以是生命的计量方式，体现了我们对暇满人身的使用。有效规划时间，带着正念去生活、做事、修行，才能远离颠倒妄想，摆脱放逸串习，实现人身的最大价值。

5. 内在贪着

相对舍弃物品来说，舍弃贪着是最难的。其根源，在于对自我和世界的依赖。如果不能舍弃贪着，即使把所有物品清理掉，要不了多久，又会故态复萌，回到原点。这就必须拥有清净自足的心，才能摆脱贪着。也就是说，拥有只是为了"物品本身的功用"，而不是为了"拥有的感觉"。

曾经有个流行词叫"某某控"，你贪着什么，就会受制于什么。一旦被控，就意味着生命需要依赖，不再自由。失去这些依赖时，我们还会失魂落魄，痛苦万状。为什么被控？为什么会有这些痛苦？并不是饥寒交迫，也不是生存受到影响，只是渴求而不得的失落。问题在于，这些渴求和被控是我们制造的。如果没有渴求，生命本是自由且自足的。

所以，断舍离的核心是放下对物品的依赖，进而放下对自我和世界的贪着。这就需要通过禅修，用正念照破依赖和贪着，看清这些念头只是心灵天空的影像，是掌控不了我们的。

6. 心灵垃圾

唯识宗告诉我们，修行是转依的过程。所谓依，是代表你现前的存在。我们问问自己：是正念的存在，慈悲的存在，智慧的存在，温良恭俭让的存在，还是贪婪、嗔恨、嫉妒、傲慢、焦躁、抑郁、无聊的存在？现在的人多半属于后者。为什么会这样？为什么我们的心总是充满垃圾？

因为每个起心动念不是发生后就结束的，还会在内心留下痕迹，播下种子。如果不加选择，只是顺着串习行事，留下的一定是不良心行。因为凡夫生命是贪嗔痴的延续，会习惯性地贪，习惯性地嗔，习惯性地不知不觉。这就必须通过禅修培养觉知力，看清心中有些什么，当下又是什么心所在活动。只有看清了，才能加以抉择，发展正向心行，舍弃负面心行。

刚开始，觉知力是有限的，即使看到也没能力做出改变。因为串习是无始以来的积累，积重难返。这也就是很多人说的，"道理我知道，就是做不到"。但再难也要去做，否则，垃圾会日积月累，把人围困其中。

转依，就是转变生命的存在，开发觉醒、解脱、慈悲大爱的良性潜质。这个过程需要舍凡夫心，发菩提心。所以断舍离不仅是消极的放弃，同时也在积极开显。生命本来具足无尽宝藏，只是被无明所覆，虽有若无。舍弃心灵垃圾，我们才有能力开发生命的美好。

所以从根本上说，断舍离是要舍弃贪嗔痴。

现代人为什么不容易断舍离

听了断舍离的道理,多数人都会表示认同,但真正要断的时候,又觉得没那么容易,所谓知易行难。为什么会这样?关于这个问题,我觉得可以从以下几方面找原因。

1. 缺乏信仰

信仰和断舍离有什么关系?

首先,信仰可以让我们确立终极目标。一旦找到根本所在,物质自然没什么吸引力了。比如有的宗教以升天为终极目标,会认为尘世一切都是虚幻、短暂的,不必贪恋。其实断舍离的核心不是扔东西,而是对事物做出重要与否的排序。这样就知道舍什么,为什么舍。当多余物品占满空间时,我们很容易看到,却往往忽视了,多余的人际关系、心灵垃圾会消耗生命能量,让人身心疲惫,所以这种取舍对生命发展更为重要。从学佛来说,终极目标是觉醒和解脱,进而带领一切众生走向觉醒和解脱。凡是和这一目标不相应,甚至会产生障碍的,都要主动弃舍。

其次,信仰可以让人长慈悲,开智慧,断除贪嗔痴串习。世间的智者推崇爱和智慧,佛法所说的慈悲,是无缘大慈,同体大悲,是彻底的无我,圆满的利他。而世人通常所说的爱,往往是有我的。即使某些宗教倡导的博爱,也有教徒和异教徒之分,不能包容一切。佛法所说的智慧,是了悟人生真相、解脱一切烦恼的大智慧。具备这样的智慧,就能看清"一切有为法,如梦幻泡影",还有必要执着吗?这就为断舍离提供了重要的思想基础。

可能有人会说,中国有那么多佛教徒,西方人也有宗教信仰,他们对世间的贪着似乎和普通人差不多,并未减少。为什么这样?原因在于信仰的深浅。某些所谓的信,其实是为世俗生活服务的。比如有人到寺院烧点香,拜下佛,供两个水果,目的是多赚钱,保平安,一切顺利。这不是真正的信仰,自然也达不到信仰所能起到的作用。

2. 忽视精神追求

"精神追求"这个词,大家并不陌生,但要进一步问"你有什么精神追求"时,很多人就语焉不详了。一方面,在我们的生活中,从电视里到手机中,从马路上到电梯间,到处关于物质追求的广告,五光十色,夺人眼球。当六根被这些信息不断刺激并占据的同时,精神追求的空间就一再被挤压,被吞噬。另一方面,人们也能看到物质是朝不保夕的,今天拥有,不等于明天拥有,更不等于永远拥有。这就加剧了不安感。就像一个人落入海中,抱住什么在那里漂着,让他放下是很难的,因为他害怕放下就沉了。同样,当我们把依赖全部寄托于物质,只会想着多多益善,哪里还肯断、肯舍、肯离?问题是,执着并不能保住什么,反而让我们在拥有时更紧张,失去时更痛苦。

怎么解决这个问题?古人推崇孔颜之乐,这种乐是不受物质左右的,即使在"一箪食,一瓢饮,在陋巷,人不堪其忧"的境况下,依然能不改其乐。在瞬息万变的今天,如果我们想要找到内心的安定和富足,同样要注重精神追求。这才是安身立命的所在,不会因外境变化而动摇,也不会因物质多少而损耗。有了底气,就能从容做出取舍,而不是盲目囤积,什么都要牢牢抓着。

3. 推崇物质至上

过去,人们向往的是道德、智慧,视德才兼备者为榜样。现在,人们羡慕的是财富、声色,以财富排行榜作为成功标准。普通民众虽然上不了排行榜,也热衷于攀比,比如事业有多大,房子有多贵,车子有多豪。在这样的价值体系中,我们会将物质赋予很多象征功能,把物质和自我紧紧捆绑在一起,认为物质就代表着成败与否,价值高下。既然物质这么重要,当然就不能舍弃。这也是我们不容易断舍离的原因。

我在给企业家讲课时，经常会讲到成功观。通常的成功观，是从事业、财富、地位来衡量，非常狭隘。因为这些并不是人生的全部，如果一个人事业很大却道德败坏，财富很多却为富不仁，地位很高却贪赃枉法，难道代表了成功吗？所以，我们要从人生而不仅仅是物质来看待成功。

儒家的成功观是立足于做人，从立德、立功、立言来衡量。立德是完善自我，以德感人；立功是建功立业，服务社会；立言是著书立说，教化民众。而佛教的成功观是立足于解脱，以自利利他、自觉觉他为圆满。树立这些目标，我们就不会对物质恋恋不舍了。

4. 无力摆脱依赖

很多人想断舍离时，总觉得这也有用，那也有用，难以摆脱对物质的依赖。一方面是缺乏精神追求，推崇物质至上；另一方面是缺少戒定慧的修行，对物质依赖成性，想舍也身不由己。前者属于观念偏差，后者则是心力不足。

所以我们不仅要看清物质真相，建立精神追求，知道什么才是最有价值的，还要增长定力。只有安住正念，才能从客观的角度审视物品，以及由此产生的心念。一心想买或舍不得丢时，知道这些只是念头，不代表生命的真正需要。当我们放下依赖，就能根据生活的实际所需做出选择，当断则断，当舍则舍，而不是被依赖和贪着左右，在舍和舍不得之间来回纠结。

5. 没有布施之心

因为对物质的贪着和吝啬，有人赚了钱、买了东西之后，觉得这也好，那也好，哪怕自己用不完，放坏了，也舍不得给出去。还有人虽然不看重物质，但缺乏布施意识，没有和人分享的习惯。这些也是断舍离的障碍。

对治这种问题，就要认识布施的意义，培养利他的意乐。在六度四摄的菩萨行中，都以布施为先。六度是以布施为基础，然后修习持戒、忍辱、精进、禅定、智慧；四摄也是以布施为前提，进而修习爱语、利行、同事。由此，可见布施的重要性。因为布施既可以破除悭贪，又可以培植福报，积累资粮，还可以和众生广结善缘。此外，布施不仅有财布施，还包括法布施和无畏布施，是修习慈悲心的重要途径。

如果我们确立信仰、建立精神追求、重塑价值观、由戒定慧增强心力、培养布施利他之心，就能从观念到实践，解决断舍离的障碍。

如何修习断舍离

作为佛弟子，我们怎么来修断舍离？和通常所说的断舍离有什么区别？我从五个方面和大家分享。

1. 树立正见

断舍离不是简单的整理和丢弃物品，必须立足于生活哲学和人生智慧来做，所以正见非常重要。凡夫处处以自我为轴心，执着我的身体、我的想法、我的情绪，进而执着我的家庭、我的事业、我的财产、我的人际关系。如果没有缘起的智慧，我们很容易把外在的种种视为"我"的一部分。

到底什么代表"我"的存在？身体能代表吗？想法能代表吗？拥有的物品、关系能代表吗？其实，这些不过是条件关系的假相。为什么我们会习惯性地将此当作"我"？是因为无明，因为看不清"我"是什么，所以到处搜罗，用各种东西来充实它，给自我的感觉找到依托，似乎执着的东西越多，这个"我"就越强大。

学佛，就要用缘起的智慧审视，看清自己认定为"我"的这一切，都不能代表"我"的本质。否则，这些错误认定就会成为烦恼之根。比如父母把孩子当成自己的所属，对孩子横加干涉，结果使孩子很痛苦，自己也很痛苦。这种情况非常普遍，就是因为混淆边界，没想过孩子也是独立的个体，并不是"我"。有着血缘亲情的关系尚且不能代表"我"，何况其他身外之物呢？

缘起的智慧让人看到，我们认定的"我"和"我所"都是无自性的，和我们只有暂时的关系，且时时处在无常变化中。如果视以为"我"，对此产生永恒的执着，痛苦就在所难免了。就像人们害怕容颜变老，害怕财富贬值，害怕事业失败，当这一切发生在别人身上时，我们会觉得很正常，而发生在自己身上时，就难以接受了。为什么？因为这不再是普通的变老、贬值和失败，而是"我"受到了伤害。

断舍离也是如此。如果只是对断舍离的对象做出客观判断，其实并不难。难就难在，这一切和"我"产生关系后，执着随之出动。而且这种执着是有黏性的，充满主观设定，结果就剪不断理还乱了。所以我们要树立正见，学会从缘起的角度看世界，看人生，看待生活中的一切，就能奉行中道，取舍有度。

2. 调整价值观

价值观似乎是一个哲学问题，和现实没什么关系。其实，我们每天的生活都隐含着价值观的影响。比如要什么不要什么，做什么不做什么，这些取舍不是偶然的，而是由价值观决定的。我们觉得什么重要，什么对自己有利，才想要得到，才会去行动。如果价值观有问题，我们所做的一切也会产生偏差。

近几十年来，在拜金主义等西方不良文化的冲击下，传统价值观有了极大改变，唯利是图，拜金成风，带来一系列社会问题。而从世界范围看，人们都在忙着赚钱、消费、破坏环境，使得地球几十亿年形成的资源，在短短两百年内急剧消耗，千疮百孔。过去，我多次讲过环保主题，如《生命的回归》《佛教环保的思想》等。其中说到的问题非但没有改善，还愈演愈烈。从海洋的污染、南北极的气温升高，到极端气候的频繁出现，灾难已经离我们越来越近了。此刻，数百年不遇的极限高温正发生在很多人身边。可以说，人类到了必须反省的时候。否则，我们见证的历史，就是无法回头的毁灭史。

怎么改变这种趋势，改变物质主义的导向？必须依东方智慧重塑价值观。儒家倡导"仁义礼智信，温良恭俭让"，是基本的做人准则。进一步，是"立德、立功、立言"的三不朽人生，要做有道德的人，对社会大众有用的人，而不是精致的利己主义者。从佛法来说，是以觉醒、解脱作为终极目标。当我们确立这样的价值观，依儒释道文化修身做人，才能重塑世界秩序，改变不断崩坏的现状。

东西方文化的不同主要有两点。其一，在世界和人的关系上，西方文化立足于改变世界，认为发展科技、创造财富就能带来幸福。东方文化立足于改变自身，比如儒家以修身为本，进而齐家、治国、平天下，是从做人到服务社会；佛教说"心净则国土净"，也是从改变自心到改变世界。怎么做人？离不开心性理论。我曾和岳麓书院朱汉民院长探讨"如何立心立命"，认为儒家和佛教的共同点，是由认识并调整心性，进一步造福世界，是由内而外的。

其二，是有我和无我。西方人文主义思潮倡导个性解放，尊重个体的价值实现。相对中世纪的封建思想，确实是一种进步。但在解放的过程中，如果不能认清"我"的真相，就会陷入我执，使人性的各个方面被张扬。所以这种思潮在带来文艺复兴、科技发展的同时，也导致严重的社会问题和环境危机。而佛法正见是建立在无我的基础上，因为无我，才能真正做到众生平等、依正不二，不会为了满足欲望去伤害众生，破坏自然。

3. 修习戒定慧

除了改变观念，断舍离还离不开修行实践，那就是戒定慧。

首先是戒，帮助我们过一种简单、清净、有规律、有节制的生活。现代社会物质丰富，鼓励消费，人很容易迷失其中，把生活搞得复杂，也使心随之混乱。在这样的环境中，特别需要建立行为规范。大家生活在别院，有清净的氛围，规律的作息，依健康生活五大信念自处，依六和精神共住，互相支持，成为彼此的增上缘。

佛法强调自依止和法依止，就是要靠自己，靠制度。佛陀入灭前告诫弟子："汝等比丘，于我灭后当尊重珍敬波罗提木叉，如暗遇明，贫人得宝。当知此则是汝大师，若我住世无异此也。"也就是说，要以戒为师，依制度而不是某个偶像生活。当然，这和亲近善知识并不冲突。在修行上，需要依善知识引导；但在生活和团体共处中，则要依法治而不是人治。这个法就是戒律。其中最基础的居士五戒，就是我们每天念诵的"健康生活五大信念"，要不杀、不盗、不邪淫、不妄语、不饮酒。依此生活，本身就是最好的断舍离。出家戒更为严格，如比丘有二百五十条戒，比丘尼有三百四十八条戒，包含对衣食住行的种种规范。不仅把可拥有的物品降到最低限度，还包含行为上的断舍离，告诉弟子什么能做什么不能做。

其次是定，是对心念的断舍离。现在是一个浮躁的时代，人们往往掉举、散乱，在念头的海洋中随波逐流。定是让我们通过修习止观，把正念带到每个当下。走路，只是专心地走路；吃饭，只是专心地吃饭；做事，只是专心地做事；静坐，只是专注于所缘。当我们选择一个锚点时，心中只有这一件事，其他念头都暂时切断。有些人觉得，同时做几件事才有效率。其实，这种方式是在增长散乱。时间长了，就会失去专注力，心也不堪重负。就像电脑同时开了很多窗口后，CPU就会不够用，造成卡顿或直接宕机。

最后是慧，是看清真相的能力。如果说戒是对物品和行为的断舍离，定是对心念的断舍离，那么慧才能真正斩断贪嗔痴的根源。因为戒和定只是做出选择，贪嗔痴只是暂时蛰伏起来，并没有彻底消除，甚至会一次次地伺机而动。慧的修行，是由训练觉知开发心的明性，就能和念头保持距离,在念头出现时立刻认出它,进而通过观照来解决它。这是通往觉醒的关键所在。

4. 声闻与断舍离

这里所说的声闻行者,主要指出家人。出家是印度各宗教的传统,并非佛教特有的。在有着三千多年历史的婆罗门教中,教徒一生分为梵行期、家居期、林栖期、遁世期四个阶段。他们在完成世俗责任后,就要离开家庭,到山林修习禅定和苦行。中国早期并没有出家人,但有隐士。他们同样舍弃了名利,过着离群索居的出世生活。孔子游说诸侯途中,不时会被路遇的隐士嘲笑一番。在他们看来,这种行为不免过于入世,非智者所为。

出家,也是种断舍离的体现。用通俗的话说,即看破红尘。但前提是认识到轮回本质是痛苦的,而不是遭遇挫折后的逃避。佛教所说的出离心,正是看清生命真相后的主动选择。佛陀的出家,就是这样一种伟大的放弃。他不仅放弃了世间的家庭、财富,还放弃了世人求之不得的王位。在榜样的激励下,不少王公贵族先后出家。如我们熟悉的寂天菩萨、阿底峡尊者等,都曾贵为王子,却选择了一无所有的修行生活。

在原始僧团中,出家人以乞食为生,有些南传寺院至今保留了这一传统。之所以这么做,是让生活单纯到极致,连生计都不必考虑,更没有财产要管理,全身心地内修外弘,一方面精进自修,另一方面在社会教化说法。按照戒律,出家人只能拥有最基本的生活用品,如比丘六物、百一物等。如果多了,要做相应的说净手续,把这部分物品舍出去。此外,人际关系也极其单纯。僧众依法共住,所有事务都有相应的羯磨,即办事规则。不论四人共住,还是四百人、四千人,都是依照这套模式,僧事僧办。

佛教传入中国后,因为国人的文化传统,并没有沿用这种资生方式,而是在祖师倡导下,形成"一日不作,一日不食"的传统。但生活依然保持了俭朴的原则，布衣蔬食，身无长物。

总之，出家就是彻底的断舍离。不论身处何时何地，生活细节有什么变化，这种精神内核是一以贯之的，否则就会出一家而入一家，违背出家的初衷。相形之下，现在出家人面对的事务和应酬过多，如果缺乏定力，没有理想的管理制度，很容易干扰修行。所以我们要遵循佛陀教导，以戒为师，通过简单的生活减少贪着，内修外弘。

5. 禅者与断舍离

关于禅者的生活，《指月录》《景德传灯录》等典籍中有很多记载。他们食松花，衣荷叶，居茅屋，过着常人难以想象的清贫生活，依然乐在其中。为什么能这样？因为禅者看到，觉性才是生命的无尽宝藏，整个宇宙的价值都无法与之相比。佛菩萨正是宝藏的开发者，所以能尽未来际地利益众生。沿着他们指引的道路，同样可以证佛所证。看到这一点，还会在乎世间的名利和享乐吗？

很多寺院会有"莫向外求"的匾额，提醒我们，真正的宝藏就在自心，无须向外攀缘，而且它是人人具备的，在圣不增，在凡不减。这种"具备"并不是说法，是可以通过修行体认的。过去的禅林大德修行有成后，生死自在，荣辱不惊，即使一无所有，也不觉得缺少什么。反观现在的人，即使有了上亿甚至百亿，有了几辈子都花不完的钱，依然不觉得富有。因为他们内心还有更大的欲望，还想得到更多。

所有的匮乏都来自贪欲。当你的贪欲越多，生命就越匮乏，这是再多财富都改变不了的。我常说，现在人整天忙于挖坑，能力越大，挖的坑就越多。挖了之后再填坑，填坑的过程中，又在继续挖坑。为了填五个坑，再挖十个坑；为了填十个坑，再挖二十个坑。比如有人经营企业，本来只是一个小坑，成功后已经把坑填上。但他还想扩大经营，于是去银行贷款，坑就挖大了。再次成功后，继续贷款，坑也随之增大。当坑无限扩张，一旦有了问题，往往就超出自己的填坑能力。现实中的不少企业，正是在急速扩张的过程中，贷款越来越多，最后资金链一断就塌方了。

对外在的需求越多，内心的坑就越大。而坑是代表匮乏，当我们越来越匮乏，就会越来越贫穷。而禅者是直接开发内心的富足，体认到这一点，不论面对什么样的物质生活，都能自足、寂静、欢喜。外在的生死、荣辱、得失，没什么能困扰到他。

佛陀成道后，不少王族青年开始追随他。有位王子出家后，精进修行，法喜充满，常常情不自禁地高喊："欢喜啊，真是欢喜！"大家问他怎么了。他说："以前我在宫中锦衣玉食，被那么多人精心伺候，严密保护，只觉得很累很无聊。现在一无所有，却什么都不用担心，还从修行中体会到源源不断的欢喜。"

什么叫富有？就是当你一无所有，也不觉得缺少任何东西。禅者正是过着这样的生活。他们在水边林下坐卧经行，静坐观心，因为没有束缚而自在，因为自在而欢喜。这种内心富足是任何物质无法带来的，还有什么会舍不得？

断舍离的意义

断舍离的意义是什么？换言之，修习断舍离可以为我们带来什么样的生活？关于这个问题，我想到九个方面。

1. 自然的生活

断舍离可以使我们远离物欲，回归自然。中国本来是农业社会，人们的生活和土地息息相关。但现代社会重商轻农，城市向农村急速扩张，也使我们和自然渐行渐远。有人说，这是最好的时代，也是最糟的时代。从电话、电脑到飞机、高铁，我们享受着前所未有的便利。其代价，却是对资源的过度消耗，对自然的大肆破坏。当这些消耗和破坏已不可逆转时，人们才发现，原来青山绿水才是最好的金山银山，是可持续发展的资本，也是滋养身心的源泉。在国外，已有医院把"去森林公园"作为治疗某些疾病的处方。

自然是有治愈力的。过去的孩子没什么玩具，都是在天地间嬉戏玩耍，朝气蓬勃。但现在的孩子从小就玩游戏，刷手机，成人同样沉溺于电子产品。短短十几年来，近视、颈椎病变等显性问题迅速增长，但更大的隐患，是由此造成的心理问题。如果不加改变，我们就会像缺乏光照的植物那样，逐渐失去活力。

所以我们要摆脱物质的捆绑，走向自然。"春有百花秋有月，夏有凉风冬有雪。若无闲事挂心头，便是人间好时节。"当心不再塞满东西时，才能感受自然的美好，从中得到滋养，得到平静。

2. 朴素的生活

断舍离可以使我们建立朴素的生活。现在整个社会都在鼓动消费，经济不断增长，我们的欲望也在不断增长。两千多年前，佛陀就告诫我们："知足之法，即是富乐安隐之处。知足之人，虽卧地上犹为安乐；不知足者，虽处天堂亦不称意。不知足者，虽富而贫；知足之人，虽贫而富。"庄子同样感慨："今世俗之君子，多危身弃生以殉物，岂不悲哉！"可见，少欲才是幸福的关键所在。欲望越少，就越容易满足，越容易幸福，所谓知足常乐。

为什么现代人不容易知足？以前的人视野很小，所见不过是吾乡吾土，没什么比较。但我们现在能看到世界各地的生活，看到超级富豪的奢侈享乐，各种成功学又在给人灌输"你也可以"的信号，这就使得欲望被无尽扩张。如果说古人的知足有环境因素，那么在今天，我们特别需要提高定力，主动约束。因为欲望越多，就越不容易满足，幸福的成本也会越高。一旦失去，还会带来不必要的痛苦。

断舍离所做的，是从以物为中心，回归以人为中心。怎么理解以人为中心？很多人觉得，即使拥有再多东西，还是以"我"为中心——因为我需要这些东西，拥有了很高兴。他没想到，自己是被诱惑所刺激，被欲望所捆绑，才会控制不住地购物。当一阵冲动过去，就后悔得想要剁手以明志了。

以人为中心，是立足于人的自身来思考：我要建立什么生活？什么是我真正需要、有用且健康的？我们全面审视后会发现，生活确实不需要这么多东西。当心不被物欲控制时，就会有更多时间投入精神追求，发展兴趣爱好。

3. 悠闲的生活

断舍离可以使我们摆脱忙碌，建立悠闲的生活。现代人最大的特点就是忙，忙着赚钱，忙着消费，忙着破坏环境。钱多了又担心贬值，还要投入大量时间理财，真是为物所役，为物所累。

因为欲望，人们在占有、攀比、竞争中不断循环。首先是占有，总想拥有更多东西，从衣食、手机到汽车、房子，多多益善，永无止境。其次是攀比，有了还不满足，还想胜人一筹。社会上有不同的圈子，当你好不容易在原有圈子爬到顶层，进入另一个圈子，又是第一层，还得从头来过。最后努力爬到顶层，再进入新的圈子，继续周而复始地努力一遍。攀比又导致竞争，带来自我的重要感、优越感、主宰欲。我们以为这三种感觉代表了"我"，其实，这只是心灵世界的不健康因素。当你被它控制，才会成为奴隶，不停地为它打工。

常常是，我们拥有的越多，追求的反而更多，结果就更忙碌。只有摆脱欲望，不再有那么多需求，生活才会因为简单而从容，心灵才会因为从容而自由。

4. 有序的生活

断舍离可以使我们摆脱无序和混乱，建立有序的生活。世上真正能按理想生活，对自己感到满意的人其实不多，很多人对自己的行为和生活并不满意，却受制于串习、惰性、不良嗜好，无力改变。

相对生活习惯，整理物品是比较简单且容易入手的。我们可以将此作为改变串习的开始，通过断舍离，使环境变得整洁有序。进一步，对饮食、行为、作息等方面做出调整。然后通过二十一天或一个月、两个月的巩固，逐步形成新的习惯，做到饮食有节，行为有度，作息规律。如果个人的力量不足，可以寻求环境支持。别院就营造了清净如法的氛围，通过种种规范和集体力量，帮助大家建立有序的生活。这不是谁需要你这么做，而是你想让自己变得更好。

5. 品质的生活

断舍离可以使我们建立有品质、有意义的生活。我们问问自己：现在的生活到底有没有品质？有没有意义？每天做的、说的、想的，哪些对成长有正向价值，可以让生命得到提升，哪些只是在消磨时光，甚至在内心制造垃圾？事实上，多数人的存在就是一大堆混乱情绪，加上一大堆错误想法，每天都在造垃圾和扔垃圾。

生命是无尽的累积，其品质就取决于我们的存在。我们买东西时，会选择自己能力范围内的最高品质，却往往不在意，自己是什么样的生命产品。如果认识到，生命品质才是永远伴随我们的根本，是决定幸福的关键，我想，没人不想成为优质产品。

如何提升品质？儒家讲"学以成人"，人不是吃饭就能成长的，那只是身体的自然属性，和动物没有区别。人所以为万物之灵，取决于智慧和道德，这是需要通过学习成就的。佛法则是由断恶修善，造就高尚的生命品质。体现在身口意三业，首先是通过断舍离来断除贪嗔痴，然后是勤修戒定慧，圆满智慧和慈悲。当我们的心行有品质、有价值，生命才会变得有品质、有价值。

6. 清净的生活

断舍离可以使我们改变混乱的现状，建立清净的生活。在今天这个物质过剩的时代，人们被海量的物品包围着，从环境到生活方式都混乱不堪。这种混乱又导致心念的混乱，互相干扰，乱上加乱。如何改变这种状况？

首先要通过断舍离改变环境，在清净的空间中，更容易看清心行是否混乱。我们应该有这样的经验，在乱七八糟的环境中，言行往往变得肆无忌惮，任意妄为。而在清净的环境中，就会自觉地有所收敛，内心也更容易安定，可以有效规范身口意三业。进一步，还要通过修行清理无明、散乱及贪嗔痴串习，照见"本来无一物"的清净心。这才是究竟的清净，在任何环境中都能灵光独耀，不染尘埃。

7. 环保的生活

断舍离可以使我们改变消费习惯，从物质至上转为低碳环保的生活。环境的持续恶化，和高消费有着密切关系。有句话叫作"没有买卖就没有伤害"，说的是杀生问题，同样适用于对环境的破坏。如果不是欲望的极度膨胀，人们根本不需要那么多物品，也就不需要耗费那么多资源，更不会制造那么多垃圾。正是不良的消费习惯，把大量资源变成了商品，并且很快地，又变成地球无法负担的垃圾。

全世界究竟有多少商品，恐怕没人可以给出答案，因为每天不断有新品问世。其中，还有大量一次性商品和快消品。它们的廉价和方便，使普通人都能承担且乐于购买。但承担这种消费的仅仅是钱吗？它的背后，是越来越枯竭的资源，越来越脆弱的生态。所以我们要奉行低碳环保的生活，在减少欲望的同时，敬畏自然，爱护环境。

8. 利他的生活

断舍离可以使我们弱化我执，从利己转向利他的生活。虽然佛教强调自利利他，但这个自利，是指有益成长的正向利益。如果是自私自利，非但不能自利，还是一切衰损之门。当人们拥有无数物品，并沉溺于这种拥有，就会增长我法二执，强化自我的三种感觉，似乎一切都是为"我"服务的。事实上，是把自己束缚其中，看不到人生还有什么更大的意义。

通过断舍离，舍弃不必要的物品和人际关系，将会打开全新的世界。当我们不再为物所役,就有更多的时间用于精神追求,成为有生命品质的人;当我们不再为物所累,就有更多的精力和资源服务社会,利益大众,成为有爱心和慈悲心的人。这种成长和由此带来的快乐,是物质无法比拟的。

9. 觉醒的生活

断舍离可以使我们放下贪着,开启觉醒、解脱的生活。断舍离的离,是舍离对物质的依赖和执着,这也是断舍离的核心所在。否则的话,"断舍离"可能只是重新采购的借口。确实有人在断舍离之后买得更多,然后再断再买,所谓旧的不去新的不来。这就违背断舍离的本意了。

所以关键是摆脱依赖和贪着,以及由此形成的贪嗔痴串习。这是一切烦恼的根源,也是生死轮回的根源。解脱,就是要解除这种捆绑。在这个层面,断舍离是我们走向觉醒、成就解脱的助缘。即使暂时达不到这样的高度,能在生活中减少对物质的依赖,当下就能体会减少依赖带来的轻松和自由,这是每个人都可以感受的。

我们知道,身体需要新陈代谢才能保持健康,生活同样离不开这种代谢。放下依赖和贪着,我们才能放下心灵的重负。所以断舍离也是一个法门,是和修行及禅意生活相应的。希望大家认真学习、思考,并落实到行动中,于个人,可以改善生活;于世界,可以保护环境;于现前,可以调身修心;于究竟,可以走向解脱。

(2022年8月讲于甘露别院)

茶与禅的修行

茶与禅的修行

前两年,我们在武夷山举办过关于茶的活动,我讲了《以茶静心,修身养性》,对茶专项的重要性,以及茶和禅的关系做了简要说明。这次是茶专项的第一届静修营,应该给大家提供什么样的认识?举办这个专项的目的在哪里?

现在茶的市场很大,茶馆遍布各地,茶道流派纷呈,茶人和相关培训班层出不穷。从物质层面来说,茶的作用主要是解渴,和粮食蔬果一样,可以满足身体所需。有钱就讲究一点,喝名茶;没钱就简单一点,喝粗茶,其实都可以解渴,也能丰富业余生活。

但茶又不仅是物质生活,还承载着传统文化,尤其是禅文化的内涵,可以提升为多样化的精神生活。在中国历史上,茶和禅宗有着千丝万缕的关系,其后传到日本,形成茶道。近几十年来,随着传统文化的复兴和中日之间的交流,人们开始在古籍中挖掘茶的文化属性,也从邻邦借鉴茶道的精神气质。吃茶去、禅茶一味、佗寂之美等茶道用语日渐普及,与之相关的装修风格和器皿用具也受到追捧。

照搬概念是容易的,仿造形式也不难,但做这些的意义是什么?这就需要了解概念和形式背后的思想内涵,借助这些形式,究竟要达到什么目的?

茶之所以能成为"道",关键不是在于茶本身。再珍贵难得、品质精良的茶,如果不赋予其精神内涵,也不过是稀缺的奢侈品而已。就像当年传到欧洲并风靡一时的茶,虽然深受贵族乃至皇家青睐,使大量白银流入中国,但并没有在西方发展出与之相关的文化。

可见,只有在相应的文化背景下,才能通过茶来载道。当然这个载体也可以是插花、抚琴、书法、绘画等。相比其他形式，茶的优势有两点：一是本身就属于日常生活，为大众喜闻乐见，身心受用；二是不需要太专业的技能即可入门，配合一定的培训和练习，就可以发挥我们已有的、与众不同的优势，使茶专项具有可行性。

这个优势就是对禅文化的认识。立足于此，通过禅的智慧开展茶道活动，是把大众导向觉醒的方便。所以我们要从两方面探讨：一是了解茶与禅的关系及重要典故；二是以茶入道，知道如何在茶专项中落实禅的精神，对受众加以引导。

茶与禅的历史典故

关于茶和禅的关系，可以挖掘的内容很多。在此，我从"吃茶去""禅茶一味""和敬清寂""一期一会""侘寂之美"五点，和大家做一些分享。

1. 吃茶去

不少茶室中会挂一幅"吃茶去"或"喫茶去"，二者只是字体有别，都出自赵州禅师的典故。赵州禅师为唐代高僧，号从谂，八十高龄时驻锡赵州观音院，即现在的柏林禅寺。他生前传法弘禅四十年，僧俗共仰，被尊为"赵州古佛"。

《宗门拈古汇集》记载："赵州问新到：曾到此间么？曰：曾到。州曰：吃茶去。又问一僧：曾到此间么？曰：不曾到。州曰：吃茶去。院主问：和尚为甚曾到也吃茶去，不曾到也吃茶去？州唤：院主。主应：诺。州曰：吃茶去。"一代宗师，不管对谁都是一句"吃茶去"，听起来是不是很简单？甚至会有人觉得敷衍，为什么这也值得记载，值得传颂千古？

我觉得，其中主要体现了两个内涵。首先，禅并不是什么玄妙奇特的行为，也没有离开当下的生活。古德所说的"行亦禅，坐亦禅，语默动静体安然""饥来吃饭，困来即眠""搬柴运水，总是禅机""青青翠竹无非般若，郁郁黄花尽是真如"，都是告诉我们，禅的智慧无所不在。可我们就在生活中，为什么看不到呢？

这就需要领会赵州的深意。禅师的所言所行都以本分事相见，所谓本分事，就是认识心的本来面目。叫你"吃茶去"，目的不单纯是吃茶，而要体会"能吃茶的是谁"。平常人吃茶，赶快品尝这是什么好茶，香不香，甜不甜，都在向外寻求。但禅师的"吃茶去"，是让你反观自照，认识本心。这在禅宗是非常高明的指点。

其次，以前禅寺的生活很简单，每天就是禅修、干活、吃饭。修行不仅在座上，也在座下。当时百丈禅师提出"一日不作，一日不食"，寺院需要集体劳动时，敲一下钟，大家就去出坡（做事），所以禅师对学人的教导也往往在日用中。不同于教下，是给你讲一部经，通过文字说明修行原理。而禅师是在生活中耳提面命，不拘一格。吃茶作为生活的组成部分，自然也是点拨学人的重要契机。在禅宗名著《景德传灯录》中，关于茶的记载有上百条之多，既有禅师间的对答，也有对学人的接引。

我们知道，禅宗是由达摩在南北朝时期传入中土，但到了唐朝才开宗立派，盛极一时。而茶道也是在唐朝开始成熟的，在陆羽的《茶经》中，详细阐明了茶的历史、源流、现状、生产及饮茶、茶艺等方面，是茶道成形的标志。陆羽自幼在寺院长大，与不少僧人过从甚密，其自述记载："结庐于苕溪之滨，闭关对书，不杂非类，名僧高士，谈宴永日。常扁舟往来山寺，随身惟纱巾、藤鞋、短褐、犊鼻，往往独行野中，诵佛经，吟古诗……"尤其是遇到同样深谙茶性的诗僧皎然后，更是以茶相和，以禅相知，成为茶道发展史上著名的忘年至交。在这一背景下出现的茶道，从开始就与佛教有着不解之缘，也使茶有了高于生活的精神性。

从另一方面来说,坐禅容易昏沉,而茶正是提神醒脑之佳品。皎然的"一饮涤昏寐,情思朗爽满天地;再饮清我神,忽如飞雨洒清尘;三饮便得道,何须苦心破烦恼",正是饮茶助力修行的生动写照。至今,禅堂还保留了饮茶的传统。二者的相遇,可谓恰逢其时,互为增上。

随着禅宗大兴并建立丛林后,需要有一套共修共住的制度,包括法会流程和行事仪式,这是佛教中国化的重要标志,出现了很多本土化的做法,所谓"马祖兴丛林,百丈立清规"。《清规》中,关于茶的记载多达数百处,并形成了一系列仪轨。比如在佛陀诞辰、成道、涅槃等纪念日中,要"备香花灯烛茶果珍馐"作为供养,并将上香、点茶作为法会流程之一;在住持巡寮、受法衣、迎侍尊宿、施主请升座斋僧等僧团生活中,也有吃茶、献茶的环节。由此,可见茶在僧众生活中的重要性,以及人们对茶的重视程度。

到了宋代,因为徽宗好茶,使朝野上下竞相仿效,茶风更甚。徽宗本人有极高的艺术修养和审美眼光,他所撰写的《大观茶论》,将茶文化的发展推至巅峰。寺院茶会也更为成熟,尤其是杭州的径山茶会,影响甚广。径山寺为禅宗道场,建于唐而兴于宋,当年被誉为江南五山十刹之首,有不少日本禅僧来此参访留学。他们学成归国后,不仅带回了禅宗法脉,也带回了径山茶及茶会流程,并逐步发展为日本的茶道。可以说,日本的茶文化从形式到内涵都深受禅宗影响。

2. 禅茶一味

"禅茶一味"也是近年广为流传的概念,但它究竟表达了什么,未必有多少人说得清楚。有些只是人云亦云,或是将"禅"作为品位象征,为茶叶和茶馆找个卖点。事实上,只有将禅的智慧带入茶文化中,把喝茶与参禅相结合,才谈得上"禅茶一味"。如果不能在茶中赋予禅的内涵,那还是和贪嗔痴一味,与禅是了不相干的。

禅是什么？就是觉醒的心，这也是万物的本质。所以禅是遍及一切的，不仅禅茶可以一味，禅饭、禅行也可以一味，包括穿衣吃饭、搬柴运水、待人接物，都可以与禅一味。青青翠竹、郁郁黄花这些赏心悦目的所缘中有禅，蝼蚁、瓦砾、屎尿这些令人唾弃的事物中同样有禅，所谓"道在蝼蚁，道在瓦砾，道在屎尿"。在在处处，只有缘起显现的不同，本质上是相同的。如果你有禅的智慧，就可以在一切事物中体会禅。

在古代禅师的悟道因缘中可以看到，有的因为瓦片击竹，咣当一声就顿悟本心，"一击忘所知，更不假修持"；还有的因为看到桃花开悟了，"灵云昔日悟桃花，十里春风树树斜"。总之，心可以通过各种因缘打开，前提是训练有素，心垢很薄，才能把握住那个石火电光的瞬间。我们在生活中会有这样的经验，走路时突然被人打了后背，一惊之下，大脑完全空白。其实这也是体悟本心的时刻，因为妄想空了。但只是一刹那，对没有修行的人来说，往往还没看到就失去机会了。

如何拨开迷雾，体认本心？需要在一切时，一切处，绵绵密密地用功。"茶禅一味"，就是让我们在喝茶的当下体悟禅。喝茶有两个指向：一是进入凡夫心，一是回归本心。如果没有智慧，其实多数人都是进入凡夫心，带着贪嗔痴的串习，被色、声、香、味、触、法六尘所转。端起杯子，只看到器皿好不好，精不精；喝下茶汤，只尝到滋味香不香，醇不醇。这样的喝茶，品得再精妙，再深入，也只是世间法而已，和借助喝茶去悟禅是完全不同的。

"茶禅一味"的提法，出自宋代著名禅师圆悟克勤。禅师有《碧岩录》传世，其中记载了百则公案，被誉为"禅门第一书"。所谓公案，即禅师如何接引弟子的案例。这些方式往往独辟蹊径，险中求生，是极难懂的。圆悟禅师能对此做出点评和解读，可见其禅学素养之深。此外，禅师还精于茶道，他的"茶禅一味"正是对本心的体悟，蕴含甚深智慧。在他的法嗣中,有径山寺的大慧宗杲,提倡参话头,同样是禅门巨匠,也与茶有着不解之缘。

圆悟禅师手书的"禅茶一味",由前来中国求学的僧人带回日本,传到名僧一休和尚手中。此后,一休又赠予弟子村田珠光。珠光少年出家,热衷茶事,后随一休和尚参禅,并得其印可。珠光将禅宗思想引入茶道,创立了草庵茶。在此之前,日本茶事主要流行于上层社会。作为一种应酬方式,人们往往攀比排场或名贵茶器,意不在茶。草庵茶一改奢靡之风,回归质朴,并将饮茶与修禅相结合,上升至"道"的高度。珠光还将圆悟禅师的墨迹供在茶室壁龛上,人们进入茶室后先要对此行礼,整肃身心,然后在点茶、喝茶中体会禅茶一味的深意。

村田珠光被称为"日本茶道鼻祖",他和弟子武野绍鸥及再传弟子千利休,是日本茶道最重要的创立者。尤其是千利休,为茶道集大成者,他所倡导的生活美学,对日本文化有着全方位的影响。

3. 和敬清寂

"和敬清寂"的思想,源于村田珠光提出的"谨敬清寂",千利休在此基础上改动一字,流传至今。这四个字充分体现了日本茶道的精神,也可以说是禅的内涵。

第一是和。包括物与物、人与物、人与人的关系,都要和谐无碍。扩大来说,就是天人合一。这种和是来自内心的平等,在喝茶时,要消除二元对立,空掉对外相的一切执着。本来无一物,才是究竟的和。

第二是敬。对天地万物存一份敬畏之心,观一花一世界,见一叶一如来。体现在茶道过程中,就是有相应的仪式感,长幼有序,举止得体。可能有人会说:禅不是要突破所有形式吗?为什么要有仪式感?其实这些只是静心的方便而已。因为凡夫是心随境转的,在喧闹杂乱中,身心会随之动荡。而在清肃的环境中,随着庄严的一招一式，心才容易静下来。

第三是清。简单地说，就是清洁。茶室的环境可以朴素，可以简陋，可以狭小，可以老旧，但要一尘不染。当然更重要的，是内心清净。茶道之谓"道"，就是能通过外在的环境和仪轨，帮助我们净化心灵。所以在参与茶会时，内心要如明镜般清澈，物来影现，物去不留，没有妄念和杂染。

第四是寂。禅宗修行要狂心顿歇，就是寂的体现；三法印的"涅槃寂静"，则是寂的终极成就。体现在环境上，是朴素、安静、以少胜多。比如茶室不能太大，作为草庵茶发源地的"珠光庵"，不过是四贴半榻榻米的狭小空间，陈设也极其简单。在这样的环境中，有利于我们收摄六根，保持专注，向内观照而不是外求。

我不是专研茶道的，对这四个字的解读，主要来自对禅的认识。当然，茶道精神本来就源于禅宗，回到这个原点来看，我想会更直接。从中，我们也可以感受到清凉的禅林气息，仿佛看到禅师们在山中结庐而居，对坐饮茶，超然自在。

4. 一期一会

这是日本茶道提出的概念，从思想渊源来说，是受到佛教无常观的影响，提醒茶人应该以珍惜当下的心态来举办茶会。我们今天参加这个活动，对有些人来说，可能是此生唯一的机会，很珍惜；也有些人觉得，自己还会参加第二次、第三次，似乎这次就没那么重要，没那么特别了。

事实上，不论你参加一次还是很多次，每次都有不同的因缘，都是不可重复的"一期一会"。西方哲学家说，人不能两次踏入同一条河流。为什么？因为水一直在流动变化，逝者如斯，不舍昼夜。从我们自身来说，今天的你是昨天的你吗？明天的你是今天的你吗？现在的你是小时候的你吗？七八十岁的你还是现在的你吗？从出生到老死，细胞不知更换了多少，思想不知改变了多少，从物质元素到心理元素,刹那都在生灭变化中。

丰子恺有篇散文叫《渐》,讲述了生命的无常变化。时间悄悄地把所有人的岁月给偷走了,人不知不觉地老了,不知不觉地死去了。但因为不知不觉,就觉得自己好像永远活着,可以千秋万代地活下去,才会"生年不满百,常怀千岁忧"。人们总在想东想西,想过去想未来,偏偏把唯一可以把握的现在白白耗费了。

尤其是今天这个时代,不可控的因素那么多。我们能坐在这里,以茶相聚,是多生累劫的福德因缘,要以"一期一会"之心参与学习,参与今后的每一次活动。从泡茶到喝茶,都带着虔诚、敬畏和殷重,安住当下。如果不安住,这段生命就被虚度了,再也没有机会弥补。

5. 侘寂之美

侘寂是日本茶道倡导的生活美学,也是一种人生境界,特别针对世人对富贵奢华的追求而提出。简单地说,就是返璞归真,崇尚自然、简单、朴素,甚至是残缺、清贫的美。这种倾向从村田珠光的草庵茶就开始了,其渊源还是来自禅宗。古代禅者生活在水边林下,茅屋草鞋,身无长物。此外,佛教还有惜福的传统,所以寺院很多用品都是代代相传,历经风霜,自有一种古旧、沉静而富有内涵的美。

近年来,随着侘寂风的传入,不少地方也在仿效此类效果,让人耳目一新。但也有些设计会流于表面,刻意求残求旧,却没有理解这些表象背后的深意。事实上,侘寂不是抄一些材料或摆设就能体现的。为什么这么做,要表达什么精神,什么境界,需要有禅的智慧为支持。我觉得,时代在变化,形式上未必要一成不变,关键是理解个中精神,再以适合当下的方式来表达。我们可以从中得到的借鉴,主要有两点。

首先是节制。现在是物质极大丰富的时代,我们可以轻而易举地拥有很多东西,所以节制格外重要。节制物品的数量,既可以让空间留白，保持疏朗，也可以减少对资源的消耗，对生态的破坏。更重要的是帮助我们克服贪欲，不受外界诱惑，不为物质所累。

其次是尊重。作为消费者，选择适合长期使用的物品，用心呵护。茶人有养壶的习惯，其实我们也可以用这样的心态对待其他物品，珍而重之，让它在你手中变得更好，而不是喜新厌旧，随用随抛。作为设计者，则应该提升审美和心性素养，用好的设计来制作产品，通过再创造，让自己使用的材料得到升华，而不是一味迎合世俗潮流，或是为刺激人们的购买欲做些什么。

本着这两点，我们就可以因地制宜，创造属于自己的侘寂之美，比如少而美，简而美，陈而美，静而美。

以上五方面，包含茶道的思想源头及在日本的形成，领会其中的精神内涵，有助于我们做好这个专项。

茶禅一味的修行

了解茶文化的背景后，我们还要进一步学习：参加茶会，怎么喝好这杯茶？怎么通过这一专项助力禅的修行？

1. 放下，放松

禅修，首先要把心带回当下，既不活在过去，也不活在未来。但现在人往往身心焦躁，即使坐下喝茶，心里还放着很多东西，想着昨天发生了什么，明天还要干什么，难以安住。又或者，把茶会当作吹牛的机会，显摆自己赚了多少钱，事业有多大。带着这样的世俗心喝茶，再好的茶也不过是饮料而已，甚至沦为道具，连茶本身的滋味都品不出来。只有把身份、事业、地位乃至尘世的一切执着通通放下，才能由这杯茶入道，体会禅茶一味的境界。

为了有助于调心，我们要布置一个令人放松的氛围，也可以到自然山水中。在空旷的环境中，与阳光、微风、树石同在，心更容易松下来，这是与禅相应的前提。同时还要让大家收起手机，这一刻，让红尘不到，只是安静地和茶在一起，和自己在一起，从放下、放松到放空。

2. 空和无相

佛教所说的空，并不是什么都没有，而是空掉我们对外在世界和内在情绪的执着。我们为什么不能体认本心？就是被卡在种种执着中。在乎什么，就被什么卡住。只有放下之后，才不会被身心内外的一切障碍，也就是佛教所说的"若能无心于万物，何妨万物常围绕"。所以我们真正要空掉的不是其他，而是自己的种种设定，种种挂碍，种种烦恼。

和空相关的另一个概念是无相。凡夫都是活在有相的世界，被色声香味触法所转。禅修所要体认的空性，是以无相为体。禅宗修行的三大要领，是"无念为宗，无相为体，无住为本"。无念为宗，是让我们体认念头背后的无念心体，就像云彩背后的虚空。我们平时都活在念头中，被云彩遮蔽，只有超越念头，才能回归本心。无相为体，是说本心没有颜色，没有形状，超越一切形相，并不是五光十色、惊天动地的。无住为本，是说本心具有不黏着的特质，不管多少云彩飘动，虚空并不想留住哪片云彩，也不分别这片云彩好看，那片云彩不好看，所谓"长空不碍白云飞"。

在做茶会时，我们会构建各种相，布置空间、选择器具、设计流程，一招一式都很有仪式感。这就容易流于对相的执着，落入世俗心。是不是就不能讲究这些呢？也是不对的。因为我们做茶会的目的，是以此接引大众，安顿身心，这就需要氛围和仪式感为引导。

关键是把握尺度，既要了解相的意义，同时也看到"凡所有相皆是虚妄"，知道这一切都是如梦如幻、本性空寂的，而不是陷入对形式的执着。佛教中，叫作"水月道场，梦中佛事"。带着这样的认知高度，才能在做形式的同时超越形式，摆脱对色声香味触法的执着。

日本茶道得益于禅宗思想，尤其是六祖悟道偈中的"本来无一物"。这也是"和敬清寂"的源头，要达到内外一如的平和、敬畏、清凉、寂静，离不开空和无相的智慧。这关系到我们所做的茶会，是世俗还是出世的，是轮回还是觉醒的。所以我们要注重形式，但不必过于复杂。就像千利休说的，茶道无非烧水、点茶而已。因为所有的相都是为体悟无相心体服务的，这才是禅的最高境界，才是和本心相应的。

3. 平常心

禅宗讲"平常心是道"。这个"平常"，并不是我们平时的世俗心。因为凡夫是活在种种设定、种种牵挂、种种贪着、种种追求、种种对立、种种是非中，这些都是无明加工的产品，使人颠倒妄想，流转轮回。只有去除这一切，才是真正的平常心，是清净、赤裸、没有遮蔽的心，是不生不灭、不垢不净、不增不减的本来面目。

怎么回归平常？首先要回归简单的生活，学会在生活中修行。说到修行，我们很容易想到诵经、打坐，似乎是日常生活之外的另一套系统。事实上，修行就是一种用心，贯穿座上和座下。我们未来的禅修有三个重点。一是以事相为所缘，通过经行、专注呼吸等方式，培养持续、稳定的专注。二是训练觉察，一旦起心动念，能立刻发现心处在什么状态，而不是在不知不觉中虚度。三是把正念带到生活中。禅宗说修行是"饥来吃饭困来眠"，我们都在吃饭睡觉，为什么不是禅？因为我们是带着贪嗔痴而不是正念做这些。所以要培养正念，让生活变成追求真理的禅修，回归本心的禅修。这样的生活才有价值。

茶道的关键也在于此。千利休说："茶道之秘事，在于打碎了山水、草木、草庵、主客、诸具、法则、规矩的、无一物之念的、无事安心的一片白露地。"虽然我们要借助各种事相来做茶会，但最终是要超越事相，在认真做的同时，心无所住，超然物外。

4. 专注，觉察

禅修有两个要点：一是专注，一是觉察。现代人多半都在散乱中，东想西想，心猿意马，根本管不住自己。这就使得我们很累，却无法休息。专注，就是为心定一个锚，安住于此，不再四处飘荡。

从茶会来说，茶就是我们的锚，是安心的所缘。我们除了领会茶的精神、境界、生活美学，还要学会专注地泡一杯茶，专注地喝一杯茶。本次培训会介绍实操方面的技术，如泡茶七事、营造环境七件事等。但所有这些都是在帮助我们摄心，不是为了泡茶而泡茶，也不是为了布置场地而布置场地，而是通过种种手段收摄六根，把向外追逐的心拉回身处的空间，拉回当下的茶席，拉回手中的茶，最后拉回内心。现在人的心太野了，没有相应的善巧，心是难以安顿并专注的。

仅仅专注还不够，进一步还要训练觉察，唤起内心清明的力量。每个人都有本自具足的清净心，这个心永远都在。修行所做的就是认识它，熟悉它，启用它，所谓"菩提自性，本来清净，但用此心，直了成佛"。

当然，我们现在很难直接体会本心，但可以从意识层面体会心清明时产生的觉察力。当心因为专注而静下来，我们就能觉察泡茶、喝茶的整个过程。从注水到出汤，从举杯到闻香，再到喝下茶汤，感受茶的冷暖，以及进入身体的过程，始终保持觉察，但不做评判，没有贪着。

当我们学会专注和觉察，就能摆脱对形式的执着，将喝茶与正念禅修相结合。在做茶会的过程中，既注重茶的品质，注重器具和环境营造，又不陷入执着。茶道之所以在日本备受推崇，就是通过这种方式，把难以触及的禅院修行带给民众，为世间和出世间建立一个连接，让人们可以在茶汤中体会禅味，在尘世中感受清凉。

结束语

不论中国的禅茶，还是日本的茶道，我们都要立足于禅的智慧高度来认识。这样才能一目了然，知道每个做法的重点在哪里。如果只看到形式，不知道它的精神和意义是什么，就可能食古不化，拘泥形式，那就本末倒置了。

以上所说只是大致的框架。这次茶会是一个很好的开端，未来我们会将此形成专项，一方面有教研团队深入研究，比如茶在禅宗修行中的运用和相关仪轨，传入日本后如何形成茶道，并依此建立一整套生活美学，相信还有不少可以借鉴的做法；另一方面是在实践中不断调整，把茶会作为静心慢生活的重要组成，总结出一套实操性强且易于复制的模式，服务社会，净化人心。

（2021年秋讲于茶人养成营）

煮茶观心

首先要随喜茶专项组不懈的努力！去年推出的初级茶课好评如潮，今天又为首届中级茶课静修营提供了丰富的课程内容。从中华茶与禅，到日本茶道；从茶叶选品到茶具选配，从禅茶空间到茶会仪轨，中级茶课对禅茶的表现形式和用心方式，都做了很好的提升。

按照惯例，我的任务是给大家做一个开示，那我就讲几点吧。

何为禅

佛法所讲的禅，其实分为两种：一是禅定的禅，一是禅宗的禅。

1. 禅定的禅

禅定的禅，是通过止的修行，让心专注一处。止禅的九住心，描述的就是从开始专注一境到最后得定的九个阶段。禅定的禅，属于定的范畴。

佛经里说，有个国王想知道人的专注力到底有多强，就找来一个犯人，让他捧卜满满一钵油，从街头走到街尾。如果能一滴不漏，就免去死刑。犯人端着油行走的途中，国王安排了各种歌舞、杂耍来诱惑他。等他把油端到街尾，国王问他走路时看到什么了。他说，什么都没看到。

这就是禅定的修行，心无旁骛，专注一处。在观呼吸的修习中，以呼吸作为锚点，把心专注在呼吸上，修的就是禅定的禅。

2. 禅宗的禅

茶课所讲的禅,是禅宗的禅,属于慧的范畴。

禅宗的禅,其本质是什么?就是每个人内在的觉醒的心,就是佛的本质。禅宗要做的,是认识自己觉醒的心;三藏十二部典籍要做的,也是开启觉醒的心,这是宗下和教下共同的目标,也是佛法修行的核心问题。

禅宗的特别之处,在于它"不立文字,教外别传,直指人心,见性成佛"。

"不立文字",并不是说禅宗没有文字。相反,禅宗的典籍很多,仅《禅藏》就有一百册。"不立文字",是说禅宗不同于常规修行。它不是先通过闻思经教树立正见,再依正见修习止观,而是走经教之外的理路。禅者的修行,就在日常生活中,穿衣、吃饭、待人接物都是禅修。禅宗祖师们教导学人的方法也独具特色,不是讲道理,而是机锋棒喝,比如著名的"德山棒""临济喝",就是在生活中观机逗教,直指本心。

为何不多讲道理?人的认识有两个层面:一是理性的层面,要分别思维;一是直觉的层面,不要分别思维。八步骤三种禅修的前四步,属于前者,先通过分别思维完成认识上的改变;而禅宗属于后者,直接打掉分别心,开启内心纯净的直觉。凡夫心"起心即错,动念即乖",面对总想讲道理的凡夫心,禅宗独辟蹊径,或者一声断喝,或者当头一棒,先打得人不明就里,思维中断。这种无法思维的状态,正是直接认识本心的绝佳时机。

禅宗采用种种独特的接引方式,"直指人心,教外别传",是以它至高至顿的见地为依据的。禅宗认为,每个人都有佛性,每个人都有自我拯救的能力,每个人都能成佛。《涅槃经》《圆觉经》《楞伽经》《楞严经》《如来藏经》等一系列大乘经典,都在阐述一切众生具足平等佛性,佛与众生平等无二的见地。有此见地,禅宗才会提倡顿悟，使用霹雳手段，教人直接体认佛性，毫不拐弯抹角。

禅，是最高的智慧；禅宗，是顿悟的法门。但是，顿悟需要满足两个条件：老师要是明眼宗师，学人要是上根利智。

佛教讲人的根机有钝利之分。钝根是指心灵因尘垢厚重而迟钝，利根则是心灵尘垢微薄，内在智慧时时闪耀。就像五祖一见慧能，就知道"这葛獠根机太利"，不同寻常，稍加点拨，就能明心见性。就像天上云层很薄，轻轻一阵风就能吹开，阳光自然显现。

顿悟固然痛快，但想要够得着禅的智慧，却需要通过次第修学打好基础。否则，即便在特殊因缘下悟到本心，终究是修不好的。另外，次第修行并非遥遥无期，有禅的见地、顿悟的高度，就能有直了成佛的信心和决心。

禅宗的历史

我们今天所学到的佛法，诞生于印度。

印度文化自古就有探寻生死之道的传统。印度人普遍关心两大问题：一是轮回，一是解脱。佛陀成道后，在鹿野苑初转法轮，宣说了四谛法门和十二缘起，标志着佛法出现于世。

四谛法门，即苦谛、集谛、灭谛和道谛，包含着两重因果，是佛法修行的总纲。苦谛和集谛阐释了轮回的因果，灭谛和道谛揭示了解脱的因果。生命的意义，在于从轮回走向解脱，从迷惑走向觉醒。佛法的三藏十二部典籍、八万四千法门，都没有离开四谛法门这一总纲。

1. 佛陀拈花，达摩东渡

禅宗的起源，充满了诗意的浪漫。

世尊有一天在灵山会上拈起一朵花，示于众人。大众不解其意，唯有迦叶尊者破颜微笑。大概迦叶尊者平时不苟言笑，这一笑，格外生动传神，所以用"破颜"二字描述。

佛陀拈花，为大众展示的是真理的实相，觉性的呈现。迦叶微笑，是当下领略佛境，会悟佛心。于是佛陀当众说道："我有正法眼藏、涅槃妙心，实相无相，付诸于汝。"将禅宗心印传给大迦叶。

佛陀未说一法，迦叶未答一语，一花一笑之间，开启了禅宗以心印心的传承。此后禅宗在印度代代相传，至菩提达摩祖师，为印度禅宗第二十八祖。

据禅宗语录记载，"摩观中土有大乘气象"。菩提达摩祖师看见中国有大乘气象，中国的众生有大乘根机，就从海路来到中国广州，去南京见到了笃信佛教的梁武帝。

梁武帝听闻达摩是印度来的高僧，很是高兴，两人展开了一番有趣的对谈。

梁武帝问："我即位以来，建寺院、写经文、度僧出家，有多大功德？"心想，我这功德很大吧？

达摩祖师直言以对："并无功德。"

被泼了冷水。梁武帝追问："那什么才是真正的功德？"

达摩祖师就讲了："净智妙圆，体自空寂，如是功德，不以世求。"功德并非外在的事业，而是心性的修养，是体认内在心性的功夫。

心性修养与外在事业并不矛盾。如果不着相，做事也在成就功德。如果着相地做事，有我相人相众生相寿者相，就会在乎自己的感觉，贪着所做的事业。心不清净，自然与功德无干。

梁武帝接着问："如何是圣谛第一义？"这次问个大的，要讨教佛法最高的真理。

达摩祖师回答："廓然无圣！"廓然，意思是空空的，什么也没有。一般人总会着相，觉得真理总得是个什么样子的才对。而佛法的最高真理是空，它超越一切现象。当然，这个空和无，并不是断灭的无。

"对朕者谁？"梁武帝诘问道。你刚才说没有，那你到底是谁？

达摩祖师回答："不识。"

平常人执着外在形象，容易理所当然地回答"我是达摩"。但是圣人的回答，是从最高真理而来。"不识"，是说佛法的最高真理超越二元对立，没有所谓的你，也没有所谓的我。

可惜梁武帝听不懂，不高兴。达摩祖师一看，因缘不契，就离开南京，到嵩山少林寺面壁去了。

2. "将心来，与汝安！"

在少林寺面壁九年，达摩祖师等来了二祖慧可。一如当年佛陀拈花、迦叶微笑的别开生面，达摩祖师接引二祖慧可的手法也非同一般。

二祖跪在雪地里求法。达摩祖师考验他的诚心，也不理他。见慧可连续跪了三天三夜，就问他要什么。二祖说自己为求法而来。

达摩祖师说："诸佛无上妙道，旷劫精勤，难行能行，非忍而忍，岂以小德小智，轻心慢心，欲冀真乘？徒劳勤苦。"意思是过去诸佛为法舍身，你就随随便便说一句想要求法，就可以得到无上妙法了吗？

二祖是习武之人，挥刀砍下左臂，供养祖师，以表诚意。史称"断臂求法"。

慧可向达摩祖师祈请："我心不安，乞师与安。"在雪地里跪了三天三夜，又砍下手臂，人是很难受的，求师父为自己安心。

达摩祖师就引导他："将心来，与汝安！"把你的心拿来，我给你安！

安心，是佛法修行的大事，也是现代人的刚需。今天这个时代，人人都在寻找安心之道，但多数人都不懂得向自己生命内在去找寻，只会一味外求，追逐地位、财富、感情、家庭、事业等，以为有了这些就能安心。然而，整个世界都无常变幻，这些外在依赖无一不在变动之中，如何能给人安全感？

佛法告诉我们，每个人生命内在都有一种深层的稳定，只要认识它，找到它，就能彻底安心。因此，人们真正该做的，是去看清那颗不安的心是什么，去探寻生命的本来面目是什么，去找回本心。

二祖向内观照，寻找自己不安的心在哪里、是什么。

向内寻找，观照自心，是禅修的用心方式。我在带领大家禅修时，教大家学习审视自心，正如《楞严经》中的七处征心，从各种视角来观察和探究，心，有没有颜色？有没有形象？在身体之外还是在身体之内……

我们的心，到底在哪里？

很多人每天活在念头和情绪里，却从未观察过念头和情绪到底是什么，心到底是什么。因为看不清，一个念头就能让人寻死觅活，稍不如意就会引起情绪爆发。而佛法则告诉我们，每个人都是自己最好的心理治疗师，我们的心固然会因无明而产生种种情绪，但它也有内在的观照力，能化解一切情绪。

二祖一番寻觅，向达摩祖师报告自己的发现："觅心了不可得。"

当我们真正向内审视时，就会发现，所谓的"心"，并非实有；所有的念头，都会空掉，所以"觅心了不可得"。

达摩祖师给他印定："与汝安心竟！"给你把心安好了！

禅宗的手法，就是教人向内观照，从起心动念处体认心性。或者通过审视念头认识本心，或者看见你执着什么就帮你打掉什么，直接破除执着。

3. 一花五叶，直指本心

在中国禅宗史上，从初祖达摩，到二祖慧可、三祖僧璨、四祖道信、五祖弘忍，都是衣钵为证、一脉单传。直到六祖慧能座下，不再以衣钵为信，出了很多有名的弟子，如青原行思、南岳怀让，马祖道一、百丈怀海等。此后禅宗分出五家，即沩仰宗、临济宗、曹洞宗、云门宗、法眼宗，史称"一花开五叶"。其中临济宗又分出杨歧派和黄龙派，总称"五家七宗"，禅宗法脉广布天下。

中国禅宗的分支分派，主要不是见地不同，而是禅风各异，所谓"德山棒""临济喝""云门饼"，还有大家熟悉的"赵州茶"。

赵州和尚的"吃茶去"，是在对学人说法。一般人吃茶，关注的无非茶汤、茶色、茶器、茶品。禅师的"吃茶去"，则是在心不在茶，目的是借喝茶去认识喝茶的心。同样，云门宗常让人去"吃饼"，目的自然也不是吃饼，而是去认识吃饼的心。"德山棒""临济喝"手段峻烈，是为了打掉对二元世界的执着，对能和所的执着，对自我感觉和现象世界的执着。

普通人脱不开对能所二元的执着，总在评善恶、辨美丑、分自他、论好坏。禅宗的种种特殊手段，都是为了直接超越二元，体认不二的心。

禅修要处理的能所二元，一是念头，一是影像。每个人因为所受教育和人生经验不同，会形成自己的一套认知模式。透过这个认知模式看世界，生起的每一个念头背后，都隐含着各种观念、动机、体验；看到每个影像，都会赋予它种种判断，带动相应的情绪，引发后续的念头，如此念念相续，成团成簇。所以，人们其实无法看到纯净的影像、纯净的念头。我们以为自己看见的所谓"如实世界"，事实上都自带认知模式的烙印，并不能对世界做出如实呈现。

唯识宗讲：人在认识念头和影像时，心会面向两种选择。如果带着我执和法执去认识，生命就进入遍计所执、进入轮回；如果能如实观照,就能超越对念头和影像的执着,证得空性。

  禅修所要培养的,正是如实观照的觉知力,其关键是保持知道。我们要学会清清楚楚地了知当下,知道念头的生灭、影像的生灭,不对立,不评判。让心像监控系统的摄像头一样,小偷来了,知道小偷来了;小偷走了,知道小偷走了。只是保持纯净的了知,就能"认出念头、体妄即真"。

  能够做到只是单纯地觉知,心就能逐渐安住在空旷和清明中,念头来去就不再会造成伤害。就像小偷走进了空房子,没什么可偷,逛一圈只好走了。如何把心安放在清明的觉知上?禅宗的手法就是顿悟。

  从佛陀拈花,达摩东渡,到一花开五叶、形成五家七宗,中国禅宗的特点,在于直指本心。这个本心,就是觉性,它既是禅的本质,也是佛的本质、心的本质。

禅与茶的关系

  1. 禅宗丛林的修行生活

  中国的寺庙,大体有几类。有的是讲寺,以讲经说法为主;有的是律寺,是律宗的道场,比如苏州西园寺就是律寺;还有的是净土宗的寺庙,主要是念佛。佛教传入中国的早期,大多按戒律形成管理制度,因此多数寺庙都属于戒律的寺院,执行的是戒律的两大功能:一是规范行为,二是提供管理制度。

  中国禅宗产生早期,禅师们大多借住在律宗寺庙里。由于律宗的管理与禅宗的修行不易相应,大家希望能有符合禅宗修行需求的道场,于是就有了"马祖兴丛林,百丈立清规"。马祖道一禅师始建禅宗丛林，"不立大殿、唯树法堂"，一切以修行为要。寺院最重要的是三个地方：讲法的法堂、坐禅的禅堂、吃饭的斋堂。

既然以修行为要务，方丈的人选就备受重视。方丈，是寺院的大和尚。唐宋时期的禅院，方丈必须由明眼宗师担当，他已经开悟，在修行上又很有经验，四方学子就会云集而来，跟他学禅。

禅师们的任务，则是指导大众修行，答疑解惑。来求法的学人也绝非等闲之辈，于是，很多大善知识之间的精彩对话，被记录下来汇辑成书，像《景德传灯录》就记载了许多禅门祖师的机锋论辩，世称公案，代代传颂至今。

公案的发生场合，往往不在禅堂，而是在日常劳作和生活对话中。这与禅宗丛林必须自给自足有关。

按照印度佛教修行的传统，出家人托钵乞食，不事劳作。在世界宗教史上，不只佛教的出家人不事劳作，所有宗教的修行人都是接受供养、专事修行的。今天的南传佛教依然保持了这个传统，能出家修行的人，在社会上备受尊重。但是在中国人的世俗观念中，"馋当厨子懒出家"，不劳作就是偷懒，乞食更会受人轻贱。

由于乞食制度在中国行不通，所以马祖道一、百丈怀海就建立了禅宗的丛林制度，提倡"一日不作，一日不食""农禅并重"。禅院建在山里，自己开荒耕种养活自己，因此，日常劳作、喝茶对谈理所当然地成为祖师们的悟道因缘，这样的公案比比皆是。

禅者的生活简单，丛林的管理也简单。

方丈是精神导师，只管领众修行，不管具体事务。另有四大班首作为方丈的带教助手，即首座、西堂、后堂、堂主。方丈坐在禅堂中间，四大班首各自在禅堂的不同方位安座，协助方丈指导大众修行，道德教化。

寺院的行政管理由八大执事各负其责，分管客堂、库房等各类事务，八大执事下又有各种"头"。丛林里每件事的负责人都是

"头"，比如净头管清扫厕所，库头管库房，菜头管菜，茶头管茶，等等。需要所有人一起干的活儿，就敲钟集众，叫作普请出坡。方丈也是头，叫堂头，是所有堂的"头"里面的头。

住宿也很简单，有广单、挂单。每个人的东西都很少，挂起来就行。大通铺上一人一铺，没有私人空间，大家无我共住，同吃同住同劳动，过着简朴的生活。

丛林里每天除了劳作，就是禅修。禅修中遇到问题，就在每天的固定时间去请法。方丈也会上堂说法，有疑问可以当场求教。

禅宗讲，穿衣吃饭、搬柴运水、行住坐卧、语默动静，都是修行。禅师们彼此之间，都是以本分事相见。所谓本分事，就是立足于对觉性的体认，超越一切事相。一个真正的禅者，随时都在日常生活中指点学人，怎样认识自心、契入本心，怎样安住本心、时时保任。这些生活中的点化，不需要很多道理，只要有好的方法、好的老师，就能让学人恒常保持正念。我们现在提倡的正念禅修，也是希望大家每做一件事，都提醒自己带着专注、觉知，有疑问就请教老师来解答。

禅的修行，就在日常生活中，它超越宗教，超越道理。

也许有人会说，那就不要学道理，赶快顿悟好了。要知道，体认心性的修行，并非人人都触手可及。禅宗自宋明以来一路走向衰落，就是因为不重视见地，不重视闻思，不重视基础，导致学人不知道该怎么用心，禅法再好，也修不起来。

禅宗"以无门为法门"，没有固定的门路。遇到好的老师，可能给一巴掌就开悟了。比如灯录里记载了云门祖师文偃的开悟因缘。文偃去参访他的老师睦州和尚，被老师从门里推出，不等文偃后脚跨出门槛，睦州和尚把门一关，把他的脚夹折了，而文偃也开悟了。在禅者心中，能悟道是天大的好事，腿瘸不瘸不足为虑。

可见，禅在生活中，生活就是禅，是中国禅宗的传统家风。过去的禅师，随时能开悟，也得益于丛林简朴的生活。因为环境简单，生活简单，修起来就容易。今天的人，环境复杂，生活复杂，人心更复杂，如果不能让生活简单下来，修行很难成就。

2. 丛林里的茶与禅

茶，在丛林中占据着独特地位。

禅院生活极为简单，除了出坡劳作，几乎就只剩吃饭、喝茶、上厕所。而丛林的劳作，除了种粮、种菜，就是种茶。如果阅读历代灯录，会发现茶的身影随处可见。禅者们不是在种茶、采茶、制茶，就是在泡茶、喝茶，接引大众吃茶去。

在丛林生涯中，茶，既是重要的生活元素，也是重要的修行元素。在禅门要务里，茶，既是禅师的常客，也是入禅的常课。

禅的关键是用心。今天的武夷山、云南也在种茶、采茶、制茶，但是因为没有禅的用心，这些都不是禅修。只有懂得带着正念，种茶、采茶、制茶、喝茶，才会富有禅的智慧，触及禅的高度。

禅堂里打禅七时，每天都会喝好几次茶，喝茶本身就是禅修的一部分，同时也是打坐禅修的重要助缘。

过去的很多禅堂，通风不是很好，光线也比较暗，加上坐禅时间长，人容易昏沉，喝茶可以起到醒神的作用。如果出于劳累等身体原因，坐禅时想打瞌睡了，喝杯浓茶也能驱赶睡意，提起精神。如果是陈年老茶，还有安神和通畅气脉的功效，可以助力禅修。

禅师们日常喝茶，更是接引徒众的重要方式。就像我们已经知道的"吃茶去"，其实是在教人体悟本心。灯录里有很多公案，就发生在师父借茶点化学人的时候。

《五灯会元》中记载，龙潭崇信禅师给天皇道悟禅师做了多年侍者，有一天去向师父辞行说："师父，您从来不给我讲法，我要走了，我去别的地方求法。"

老师回答说："我怎么没给你讲法？"

崇信禅师不解地问："您几时讲给我了？"

老师说："你奉茶来，我接过你的茶；你端饭来，我接过你的饭；你来行礼，我接受你行礼。我哪一处不是在给你讲法？"禅师的引导比较无相，一般人可能看不懂。

除了应机设教，茶的妙用还被写入历代禅院清规，成为丛林常规活动、组织制度和礼仪规则中不可或缺的角色，是禅院生活的经典要素，蕴含着中国禅独有的精神内涵。

历代的丛林清规里，对禅修时该怎么喝茶，重要庆典上该怎么喝茶，执事请职任职时该怎么喝茶，寺院普请喝茶时该怎么喝茶，都有详细的礼仪、明确的规范。昨晚茶会上的仪轨，就是茶专项组借鉴历代清规里的茶会礼仪，做了别院版的呈现。用茶礼摄心，能更好地帮助学人静心、安心，乃至体认本心。

总之，禅院生活里的茶，与禅密不可分。有禅的智慧，喝茶也是修行；不了解禅的内涵，喝茶就只是喝茶。现在社会上的很多茶空间，外在形式也能做得像模像样，但是因为缺少禅的精神内涵，不知道什么是真正的禅，不懂得如何通过喝茶契入禅的境界，环境营造得再好，也只能让人静静心，作用十分有限。

3. 中国禅茶与日本茶道

唐宋时期，日本人仰慕中国的文化，派出一批又一批僧人、学士、官员来中国学习。随着大唐高僧鉴真东渡，日本遣唐僧人最澄、空海、荣西、圆尔辨圆、南浦昭明等学成归国，中国的禅茶，连同佛经、禅法、清规、茶种、茶会、茶礼等陆续被带到日本。大家今天熟知的日本茶道，就源自中国唐朝禅宗寺庙里的禅茶。

茶进入日本后，前后经历了两种风格的演变。

早期的中国茶，主要进入日本宫廷贵族阶层，茶风奢靡华贵，重视茶器的尊贵精致，追求礼仪的典雅繁复。后来，日本高僧一休宗纯及门下的村田珠光、武野绍鸥等，极力倡导中国禅茶的自然朴素之风。以日本茶道之祖村田珠光首倡的草庵茶为代表，紧小空间、陈旧器物、拙朴茶风逐渐成为日本茶道的主流。被称为日本茶圣的千利休，是武野绍鸥的弟子，他将拙朴茶风、侘茶之美发挥到极致，并通过严格的认证制度传承至今，使日本茶道在全球独领风骚。

4. 重建中国禅茶精神

唐宋时代，禅者们大都喜欢在山里修行，在湖南、江西、福建这一带的山区，禅寺多，好茶也多，出了很多著名的禅宗祖师，如前面提到的南岳怀让、马祖道一、百丈怀海、石头希迁等。直到今天，中国禅宗寺庙里的禅茶，还保持着自己最初的拙朴之风。我早年住过的闽侯雪峰寺，是唐朝雪峰义存祖师的道场，我去的时候还都是这样喝茶。

山中禅院，环境质朴。禅者的修行，也不求器物精美。简朴空间、寻常茶器，就是中国禅茶最天然的模样。

这种简朴的禅茶风格，直接影响到日本草庵茶、侘茶的出现。侘茶提倡的侘寂之美，与现代时尚的侘寂之美，从源头到内涵，都有本质区别。它不是为侘寂而侘寂，而是茶器和空间被时光浸润后自然呈现出的古旧之美、沉静之美。

今天的人们，普遍不知精神追求为何物。无论是以侘寂为时尚，还是以奢靡为骄傲，在意的都是外在形式。这种没有精神内涵的物质生活，一无灵魂，二无营养，既不能安顿身心，更谈不上滋养生命。

中国禅的风范，通过茶和茶道传遍整个日本，上至王公贵族，下至平民百姓，从禅诗俳句，到茶器茶服，影响到日本社会文化的方方面面。我们借鉴今天的日本茶道，首先要知道日本茶道的源头是中国禅茶，同时也要为今天的世界茶文化重新赋予禅的内涵，将茶生活带入禅的境界。

中国是茶的源头。千百年来，喝茶早已融入中国人的日常生活，家家都有，人人都会。简朴的空间、简单的茶器，只要融入禅的智慧，就能安顿身心。以茶为媒介，承载禅的智慧，走进千家万户，帮助更多人安顿身心，是大众的需要，也是当今时代利益更多人的大方便。

煮好一壶茶

1. 初级茶课，普惠大众

静心空间、静心茶器、静心茶礼，初级静茶七式从静到动，把泡茶、喝茶带入静心禅修，一经推出便广受欢迎。很多人喝茶几十年，第一次发现喝茶还能有这样好的体验。所以，尽管大家这次来学的是中级茶课，但我们服务社会的重点还是初级茶课。

初级茶课采用了大众化的呈现方式，有丰富的仪式感，更容易让人安心。从感恩有礼、静心备器，到煮水听茗、温器传香，再到泡茶醒心、平等分茶，最后带着觉知专注地"吃茶去"，还有静场七式中的"本来空"，整个过程招式流畅，一气呵成，仪式感很足。同时，进入静场七事营造的禅意空间，容易收摄身心，语音提示也能有效地引导专注力和觉知力的训练。借助这些善巧的设置，每个人都能学会带着正念泡好一杯茶，带着正念喝好一杯茶，把禅的智慧融入茶中。

现代人的心很散乱，没有特定的氛围、环境、仪式感，很难静下心来。借助强大的禅意氛围令心安静，学会正念的用心方式，培养专注力和觉知力，是推广初级静茶七式的重点。

2. 煮茶观心，无念安禅

中级静茶七式各个环节的名称，与初级茶课大体一致。主要的区别是煮茶观心这一式，技术要求比较高。

首先，煮茶本身涉及很多技术要领，前行准备必须做足。无论是选茶、备茶、择水、备器，还是起炭、煮水、布席等，每一项都需要学习足量的专门知识，还要反复练习才能达到熟练自如。

其次，相比初级茶课的大众化，中级静茶七式更细腻，更讲究，更适合禅院生活，环境要更禅意，器物要更拙朴，空间要更纯净。

环境的营造很重要。现代人忙碌不堪，必须有一个很有摄受力的场，才能让人一走进来就能静下心来。这两天里，大家要学习的内容很丰富，如何淘茶、存茶，如何选茶具、茶席、茶炉，如何布置茶室、营造茶空间，都有专门讲解。之所以如此讲究，是因为它们会影响场的气韵、心的安住。就像很多人来到别院，会感到所有的建筑与自然景观是完全融为一体的，没有任何对立和冲突。在里面走走、看看，人也舒服，心也安静，这就是场的力量。

同时，煮茶观心环节对心性的要求也更高。等待煮茶时间很长，又只能无事可做地坐着，很多人会感到无聊。其实，无聊是修行的好机会，因为它意味着心没有一个所缘可黏，是能所对立最弱、最容易被突破的时候。

过去的人，每天总会有些时间跟自己待在一起，晒晒太阳，赏赏月，实在不行去睡觉，睡不着只能看天花板。如果是个修行人，这样的无聊正好用来认识本心。

但现代人不能忍受无聊，要一刻不停地抓取个什么才行。要么拼命做事，要么看电视、打扑克，能和所紧密联结，心已经掉进能所里，自然不会无聊。有了电视、手机，就更没法让心闲着，睡不着了，半夜三更都要爬起来看电视、刷手机。由于从不让心跟自己待在一起，就没条件审视自己的心，不知道抓取的心是什么状态，没着落的心是什么感觉，既不懂得给自己留点无聊时刻，能无聊的时候也不知该如何享受。

享受无聊，就要学会无念的禅修。等待煮茶、静心喝茶的时候，学会带着正念，对周围的一切保持清清明明；不喝茶了，就悠闲地待着,什么都不做。这种什么都不做的能力,是在学无为啊。

有人说,什么都不做地待着,我就会打妄想。那不是什么都不做,那是在打妄想。所谓什么都不做,是指不主动做任何事。一般人因为做不到什么都不做,总要打妄想。这时就要学会不去搭理妄想,只是单纯地知道自己正在打妄想,不支持、不跟随。能这样做,即使打了妄想,也是什么都不做。

事实上,只有学会了什么都不做,才真正具备修行的能力,才能开始练习两种能力:一是想做就做,做就做好的能力;一是不想做就不做,让心安静的能力。比如,想不生气就能不生气,想不跟着欲望跑就能不跟,只是安安静静地坐在念头的河岸上,看念头来来去去,产生、消失,产生、消失……

想做就做的本事,人们多少都会有;想不做就不做,只安安静静地待着,还能不陷入我执和法执,会的人恐怕不多。

煮茶的时候,一个人,或者一群人,老老实实坐着,不做任何事,不玩手机,不干别的,也不跟着念头跑,让茶在炭炉上煮着,煮多久就坐多久……这就是在训练不做任何事的本事,就是在学无念禅修。这个本事,现代人特别需要,也特别不容易修成。

我在去年的丁香茶会上,开示了如何从正念到无念,从有修到无修,从有作到无作,就是为了帮助大家获得无念、无为的能力。这是学习"煮好一壶茶"所需要具备的认识。

打造安心茶室,落实禅意生活

末法时代,修行如一人与万人敌,特别需要相应的环境,来帮助抵挡众多的诱惑、强大的串习。

1. 传统文化，安顿身心

这几天，我看见有些父母为了图省事，自己做定课就给孩子个手机，结果孩子玩手机比父母做定课还认真。玩手机的串习养成了，孩子也毁了。这可能是现代家庭的普遍现象。

在家修行为什么难？因为今天的家庭，是我执的天地，是串习的堡垒，是放逸和懈怠的温床。因此，要想真正把修行融入生活，首先要从家庭开始，从改变家庭的生态环境开始。

过去，很多人家里有佛堂。我小时候家里也有佛堂，全家人早上都去做功课。不过，那时候学佛被斥为迷信，念完经要把佛像藏到阁楼里。相比之下，现在学佛幸福多了。

现在的家庭未必都合适设置家庭佛堂，但是在家里布置一间或大或小的安心茶室，还是容易做到的。企业也可以设一间安心茶室。现代人看重利益，如果再没有企业文化，企业就是一个纯利益群体，管理起来会困难重重。

好的家庭，要有家庭文化；好的企业，要有企业文化。

中国的传统文化主要是儒释道文化。儒家文化讲究修身齐家，提倡学以成人。对于人际关系，儒家讲五伦，佛教讲六伦，都认为人与人之间要有共同的道德规范，要有相互的责任与义务。一个家庭，如果能做到父慈子孝、兄友弟恭，每个人都遵从各自的行为准则，各种关系都能处好。所以，以前的家庭即使人口众多，也能和睦相处，四代同堂、五代同堂是美德和厚福的象征。

家庭没有规矩，问题就越来越多。现在的家庭，不要老人，不要孩子，两个人还都处不好。有很多家庭，面临着孩子叛逆的问题、夫妻不忠的问题、父母养老的问题、生死归宿的问题。有很多人，活着不知道该怎么好好活，临终不知道该怎么好好死。信仰缺失、精神匮乏，成了社会常态。

现在最大的问题，就是丢掉了自己优秀的传统文化，以至于家不像家、人不像人，真正健康的人都不多。每个人都有家庭伦理问题、身心健康问题、安身立命问题、精神追求问题，而现代教育在这些方面几乎是一片空白。

今天的人们，物质上追求极致体验，制造一个普通的产品都要精心设计，对于自己的生命这么重要的产品，怎么可以不教不学，不闻不问，让它野蛮生长？

面对这种现状，如何继承中华优秀传统文化，已经是迫在眉睫。最近习主席的讲话，也讲到如何立足于中华民族五千年文明，立足于中华优秀传统文化，来建设中国特色社会主义。中国慢慢强盛起来，这一点显得尤为重要。

儒释道的文化人格虽然不尽相同，却都是培养优秀品质的生命教育。儒家讲修身养性，教人从修身、做人到成为有德的君子，乃至成贤成圣。佛法讲明心见性，教人通过心性修养，成为圆满智慧和慈悲的觉醒的人。道家讲无为的智慧，逍遥的人生，教人不为物役，返璞归真，成为至人、神人、圣人。这些儒释道的理想人格，不仅千百年来一直指引着中国人做人做事、定国安邦，对今天的中国人更是有着特殊的意义和价值。

通过学习和传承中华优秀传统文化，每个人都可以在修身、齐家、治国、平天下的方向上得到良性的成长。以修身为本，先造就美好的自己。有了健全的人格、高尚的品质，就能更好地服务社会。

中华民族的伟大复兴，离不开每个国民的身心健康。如果只有功利的教育、技术的教育，没有做人的教育，培养的都是"精致的利己主义者"，缺乏健康的身心、仁爱的精神、健全的人格，随着未来科技发展越来越快，社会问题、心理问题只会越来越多。

2. 安心茶室，禅意生活

我希望安心茶室能走进各个家庭、企业，成为人们喝茶、读书、探讨静心慢生活的安心之地、静心之地。

大家坐在茶室，一起喝喝茶，学学中医养生按导，读读《大学》《中庸》《论语》《老子》。有了佛法智慧的统摄，懂得因果的原理、空性的智慧，儒家的很多做人的美德，比如仁义礼智信，温良恭俭让，就不再会被当成单纯的道德教条，而是能在家庭、在企业、在社会生活中得到自觉的落实。

安心茶室也可以是学习、禅修的地方。有这样一方静心地，三五亲人，十余好友，一起喝喝茶，学一学初级茶课、中级茶课，聊一聊断舍离。如果书香和分享成为常态，家里的氛围、企业里的人际关系马上就会不一样。

现在的人，两个人面对面待在家里，还在各玩各的手机，身体住在同一个屋檐下，心却活在各自的手机世界里，活在各自的自我感觉里。要改变这种冷漠、无感的家庭氛围，让心从手机世界回归人际世界，必须学习和传承儒释道文化，重建我们中国人共同的信念、共同的文化、共同的精神追求。

我们推广安心茶室，是为了让中华优秀传统文化重新走进千家万户。

在安心茶室学习传统文化，把自己的家庭先暖起来，自然能给身边人良好的示范。亲朋好友来拜访，感觉家里有个安心茶室确实很不错，他们也会回家布置起来，也能带着家人喝喝茶、读读书，把传统文化学起来。有了良好氛围，传统文化就能真正融入家庭关系，融入企业文化。

立足于安心茶室，可以进一步打造禅意空间，落实禅意生活。禅意生活崇尚的不是奢侈，而是俭朴；不是没有精神内涵的物质生活，而是富有禅的内涵的精神生活，生活成本只会更低，生命智慧却会更高。

有了禅意生活环境，就可以把更多传统文化的生活形态带进家庭。未来我们的静心慢生活课程，除了禅茶、断舍离、养生、素食，还会有禅诗读诵,《大学》《中庸》等经典选读,等等。我们会把这些有益于当代人修身养性的课程整理出来,送进更多家庭、更多企业,乃至更多寺院,让家庭、企业、寺院都能更好地服务社会。

真正能够这样去做,就会为弘扬传统文化形成良性的生态,每个人生活在这样的环境里,都能得到健康的成长,还能帮助更多人健康成长,真正实现自利利他、自觉觉他,让每个人都变得身心健康,道德高尚,富有爱心。

只有这样,我们的世界才会变得更加祥和、安宁。

今天的世界,人与人休戚与共,国与国祸福相依,人类确实走进了命运共同体的时代。如果别人都过不好,走在路上不知道身边谁会是精神病人,我们能过得好吗?所以,大家一定要发菩提心,创造更多善的因缘,用安心茶室传递东方文化的智慧,传递禅的精神,让世界走向觉醒。

(2023年夏中级茶课开示)

以茶入禅，回归本心

一园容万象
半日晤初心

汝群

上次月光茶会的月亮超大。这次虽然还没看到，其实月亮一直都在那里，只是因缘的显现不同。我们做茶会，不是为了喝茶本身，而是要把喝茶变成禅修，变成明心见性的修行。

什么是禅？禅师说：禅在穿衣吃饭中。有人难免生疑：世间人都在穿衣吃饭，为什么不是禅？禅师的回答是：世间人吃饭穿衣，总是带着妄想、执着、分别，是从贪嗔痴出发，最终成就的还是贪嗔痴。

喝茶也是同样。近年来，茶道盛行一时。人们讲究茶叶的品质、类别，选择茶席的用品、布置，也开始关注茶所呈现的精神内涵。茶空间中，常常可以见到"茶禅一味""吃茶去"之类的书画和装饰。但真正想要以茶入禅，并不是挂点什么、说点什么就解决问题的。

如何把喝茶变成禅修？这事既简单，也不简单。

简单，因为禅的本质就是清明的心。这颗心人人具备，与我们须臾不曾分离。正如傅大士所说的那样："夜夜抱佛眠，朝朝还共起。起坐镇相随，语默同居止。欲识佛去处，只这语声是。"在我们的禅修训练中，不论身体扫描还是正念禅修，不论以身体还是以呼吸为锚点，都是为了引导大家体会内在的清明。我们通过这么久的训练，对此多少会有一些触及。

不简单，是因为我们无始以来一直活在无明妄想中，开启心的清明并不容易。即使偶尔亮一下，很快会有无明的云雾飘来，使心被遮蔽、被迷惑、被干扰，被各种念头带走，使人看不清自己，看不清心的本来面目。所以除了座上修，我们还要把禅的修行贯穿到一切时，才能逐步扫除内心迷雾。

这就需要在生活中训练专注和觉知，学会单纯地吃饭，单纯地走路，单纯地喝茶。所谓单纯，即带着正念，让喝茶回归本来状态。喝茶只是喝茶，没有任何分别、评判、抗拒、贪着。更重要的，是在内心保持一份了明知。

生命是无尽的积累。所有的身口意三业发生后，都会在内心留下烙印，使生命带着轮回的印痕，累积串习的力量。这种串习又使心不断向外攀缘，执着财色名食睡五欲，追逐色声香味触法六尘。对眼前这杯茶，同样充满了分别、好恶、贪嗔。

凡夫心的特点就是念念驰求，舍本逐末，所以祖师谆谆告诫我们"莫向外求"。关于此，临济禅师的解读是："你要与佛祖不别，但莫外求。你一念清净心光，是你屋里法身佛。一念无分别心光，是你屋里报身佛。一念无差别心光，是你屋里化身佛。此三种身，是你即今目前听法的人，只为不向外求有此功用。"

为什么仅仅不外求，就能和佛祖无别？因为他们有的，我们也有；他们证悟的心，我们也不缺少。问题在于，我们内心还有种种妄想，总在无休止地制造并追逐影像，就像猴子往水中捞月，尽管到头是一场空，但这种追逐从未停止。

我们不知道，生命中还具有无尽宝藏，必须向内开发。修行，正是为了开启这个宝藏。刚修行时，我们的正念很羸弱，就像初生婴儿，同样是人，却没有力量。必须通过禅修不断地认识它，熟悉它，才能像婴儿逐步成人那样，变得强壮有力。

虽然心的本质清净无别，但众生根机有别，所以在显现上有利钝不同。有的众生心地清净，为上根利智，稍加打磨就能一超直入如来地。也有的众生心垢极厚，刚强难调，必须不断集资净障，以正念扫除心垢。在此过程中，除了闻思修的常规次第，还要辅以种种方便。

我们倡导的静茶七式，正是为现代人量身打造的方便和助缘。茶是生活的重要组成，既属于生活化的"柴米油盐酱醋茶"，也位列文艺化的"琴棋书画诗酒茶",自古就深受各界人士喜爱。以茶为载体,承载禅的智慧,将泡茶、喝茶与正念修行相结合,是适合不同群体的契入点。

今天是一个浮躁的时代,人们心中充满妄想和散乱。在这样的心行状态下,修行举步维艰。所以要借助善巧方便,把躁动的心带回当下,才能通过修止开启观慧,彻见本来。静茶七式正是针对人们普遍存在的问题而设置的,那么,如何在实践过程中与禅修相应?关键在于,每一式都要善用其心。

第一式,感恩有礼

学佛人都会说菩提心、慈悲心,但往往是一句口号,并没有成为自身心行。为什么修不起来?因为我们对众生是无感的,觉得众生死活与己无关。既然没有关系,为什么要慈悲他、帮助他、利益他?

在修习菩提心的七支因果中,以知母、念恩、报恩为前提,由此生起慈心、悲心,进而从增上心导向菩提心。感恩,包含了念恩和报恩,是七因果的关键所在,可以使我们与众生建立连接,看到众生对我们的付出。

生活在世间,我们既是独立的个体,也是世界的一部分,离不开万物的滋养,众生的护佑。我们今天参加这场茶会,同样有众多因缘的成就,所以要对这一切心生感恩。佛法说的"上报四重恩",就是感念父母、师长、国家、众生的恩德,发愿报答。当我们生起感恩,内心是欢喜且柔软的,会主动想着为社会、为众生做些什么。这是增长慈悲心的基础。

此外,还要修习恭敬和虔诚,这点也很重要。现代社会倡导个性解放，视恭敬为卑微，视虔诚为盲从，使得很多人无所顾忌，内心躁动。事实上，恭敬是看到人生榜样后的景仰之情，虔诚是找到终极归宿后的依止之心，这些心行首先是让自己受益的。很多人在寺院看到佛菩萨像时，会觉得无比安宁。为什么会这样？正是被自己的恭敬和虔诚净化了。

当我们带着感恩心在茶席前入座，仪态必然是谦和的，举手投足必然是调柔的，就能营造一个正向的场。

第二式，静心备器

"心本无生因境有。"凡夫最大的特点是心随境转，很容易受到外境影响。如果环境嘈杂混乱，充满诱惑，是很难令心安静的。所以我们首先要营造清净、自然、空灵的环境，可以很简朴，但不能有任何脏和乱。

更重要的，是保有一份清净心。"清净心"三个字说起来简单，做起来并不简单。虽然众生本来具足清净心，但无始以来，无明、烦恼、贪嗔痴使心总是处于混沌中，妄想纷飞，难以进入修行状态。这时就需要环境的助力。别院正是营造了这样的氛围，通过如法有序的生活，帮助大家安顿身心。进一步，通过有次第的禅修，学会以清净心待人处事，以空性见照见本来。这样才能在任何问题出现时，随时放下，不受干扰。

此刻，我们带着正念专心准备茶器，不散乱，不慌张，也不陷入妄想。在整个过程中，始终保持明晰的观照，知道自己的一举一动，乃至所有的微细变化，心就会随之安静下来。就像一潭水，静则清，清则明。

第三式，煮水听茗

我们坐在这里，感受天地的空旷，微风的吹拂。在阵阵蝉鸣和若隐若现的音乐中，静静聆听水沸的声音。

听，也是一种修行。《楞严经》说："反闻闻自性，性成无上道。"平常人的听，是向外追逐声尘。而追逐六尘的过程，会在内心留下很多影像。然后，我们又会被这些影像左右，活在尘劳妄想之中。

煮水听茗，是强调一种听的力量。这种力量和声音有没有关系？如果仅仅关注声音，当然觉得和声音有关——因为有声音，我们才能听到。事实上，二者并没有必然的关系。

在此刻，你们可以听到我的说话声，听到蝉鸣、乐声和水沸声。当我不说话，水也不再沸腾时，听的作用在不在？依然是在的，我们将听到安静的声音。有声音时，听到的是声音；没声音时，听到的是安静。但听的力量始终都在，不增不减。

这一式也叫煮水观心。因为此刻是个空当，不需要做什么，可以向内观察自心。这是反闻闻自性的修行。所以听茗的重点不在于水的沸腾，而是由此体会能听的力量，体会这颗清明的心。

第四式，温器传香

万物有各自的缘起，泡好一杯茶，同样要尊重它的缘起。我们现在喝的岩茶产自武夷山，有"千年儒释道，万古山水茶"之美誉，蕴藏丰富的文化内涵。武夷山和我们所在的泰宁都属于丹霞地貌，泰宁是青年时期的丹霞地貌，武夷山是中年时期的丹霞地貌，更为老辣。此间孕育的茶，吸山水灵气，收日月精华，有着独特的品质和神韵。

除了物质内涵和文化传承，这片茶叶还蕴含宇宙的一切信息，即我们常说的"一花一世界，一叶一如来"。现代的全息观也告诉我们：万物的每个部分都包含整体的所有信息和特性。为什么是这样？

华严宗杜顺祖师在诠释"一即一切"时说到，每个点之所以能蕴含宇宙的一切，和宇宙完整连接，关键就在于"理不可分割"。因为万物都蕴含着最高真理，而真理本身是相通的，不可分割。在这个本质上，一和一切无二无别。

我们看到的每片茶叶，也蕴含从山水日月到文化传承的精华。只有理解并尊重这些缘起，才能展现茶所拥有的能量。尤其是老茶，经过十年、二十年的收藏，内含物质被包裹已久，需要有醒茶的过程。

温器就是为醒茶所做的准备。用沸水加热茶器、投茶并适度摇动之后，茶的干香就被唤醒，为接下来的泡茶做好前行。

第五式，泡茶醒心

泡茶时，必须根据茶本身的特点，采用相应的冲泡方式。这个环节需要在实践中总结经验，并通过当下的观察，随时调整。即使同一类茶，因为茶青品质、加工工艺的差别，以及饮者的不同接受程度，冲泡方法也要随之改变。总之，要尊重茶和饮者的缘起，既让茶的内涵得到充分展现，也让饮者如啜甘露。

我们要带着正念完成这一系列动作，对自己的动作清清楚楚，同时对每泡茶汤的表现清清楚楚，对饮茶者的反应清清楚楚。整个过程必须时时保持专注，心才能和茶相应。如果心不在焉，或谈天说地、胡思乱想，即使动作很熟练，也难以和茶建立连接，更不能以此导向正念的修行。

正念禅修中，有个项目是吃葡萄干，通过一系列仪式，细致感受葡萄干的颜色、质地、滋味，以此培养正念。泡茶同样要营造一定的仪式感。这不是某些茶道表演中的花式动作或故弄玄虚，而是把每个手法做准确，做到位，同时把握节奏，不徐不疾。在相应的仪式感中，心更容易找到目标，随之安静。否则，我们往往会随着串习的惯性行事。用现在的话说，就是不走心。

清明的心原本就在那里，只是因为我们从不和它招呼，不和它来往，才会那么陌生。这就需要通过禅修去唤醒。不论静坐、经行还是泡茶，目的都是去发现它，认识它，熟悉它。久而久之，你会发现它时时都在那里，充满力量。

修行不是修出一个什么，不是凭空造出原来没有的东西。比如航空母舰和人造卫星，完全是人为制造的。修行所体认的，是本来具足的心，"在圣不增，在凡不减"，并不因为我们现在是凡夫就少了什么。只是因为不认识，才要通过修行去开启。

凡夫被无明所惑，总是跟着念头跑，四处攀缘。因为我们还没养成安住的习惯，没尝过它的甜头，不知道安住本心才是最自在的。所以要改变用心习惯，让心从弛求中歇下，从混沌中醒来。

为什么把泡茶和醒心联系起来？因为其中都包含对缘起的认识。我们在泡茶时，要根据茶的特性，选择相应的器具和投茶量，采用合适的水温、注水方式和出汤时间。众缘和合，才能让茶香和滋味得到充分呈现。这些要从缘起的层面深入学习，任何环节的疏漏，都会影响整体效果。

缘起是佛法的重要智慧，可以使我们改变看待问题的方式。凡夫总是活在我法二执中，由此形成自我的认知模式和需求模式。然后带着自我的认知生活，带着自我的感觉看世界，带着自我的标准评判他人，带着自我的需求追名逐利。当每个人都这么做的时候，必然会导致是非、对立和纷争，给自己带来烦恼，给他人制造痛苦。

学佛，让我们尊重缘起，尊重一切生命乃至世间万物的存在。佛法所说的随缘，就是在尊重缘起的前提下，审时度势，以适合当下的方式解决问题。这是生命的大智慧，可以破除我执，让万物和谐共生。

这种智慧不仅可以用在生活中，还可以用在泡茶中。我们要了解茶的文化，尊重茶的特性，带着开放、清明的心泡茶，让每道茶都能发挥自身特质，完成此时此刻的圆满呈现。

第六式，平等分茶

禅宗特别强调平常心。曾经有人问马祖道一：什么是道？马祖说：平常心是道。这句话听起来很普通，也常常被人在各种场合运用，似乎很多事都可以用"平常心"三个字来消解。

究竟什么是平常心？我们可能觉得，自己是个平常人，过着平常日子，现前的心不就是平常心吗？事实上，我们认为的平常心，是很不平常的。因为这颗心充满是非、好恶、美丑、荣辱、得失，充满由人生经验形成的评判、取舍、设定、期待，以及由此造成的种种情绪和心理。这些都不属于平常心。但因为我们把平凡错认为平常，才认识不到"平常心"的高度。在佛法修行中，二者是完全不同的。

平常心，是我们原本具足的清净心，是没有任何包装的赤裸的心，就像清澈的水，又像无云的晴空。这个心虽然是现成的，但无始以来始终被遮蔽，必须通过修行开启，否则是见不到的。

在禅修时，我经常引导大家以全然开放的心，接纳当下的种种身心感受，不评判、不抗拒、不讨厌、不贪着。这就是在训练平常心，让心像镜子一样，照见清净，照见污浊；照见日月天地，也照见阴暗角落。无论照什么，都如实显现，不起波澜。又像监控系统，小偷进门，它不会讨厌；贵客光临，它不会欢喜。只是了知当下发生的一切，不带任何评判，更不因此生起情绪。

虽然我们现在没有平等心，但内心是具备这个层面的，只要方法正确，反复训练，终有一天可以见到。平等分茶，正是帮助我们培养这一心行。不论对面所坐的是谁，是你熟悉还是陌生的，是你喜欢还是讨厌的，现在通通放下，只是把这道茶平等地分出去。分茶的杯子叫公道杯，也是说明这个道理。

我们共享这杯茶，不存在谁有谁无，谁浓谁淡，谁多谁少。借由平等一味的茶，平息内心的种种妄念，在平静、平和中体会平等。

第七式，吃茶去

吃茶去，是禅门的重要典故。禅宗典籍记载，当时有很多学人去参访赵州禅师，不论来者是谁，禅师都以一句"吃茶去"接引。此后，这句日常寒暄就有了不同寻常的深意，也成为某些拾人牙慧者的所好。

二者的区别是什么？其实，吃茶的重点不在于茶，而是体会能吃茶的、清清明明的心。如果我们带着贪心、分别心、好恶心喝茶，即使能在技术和经验层面，把茶味品得头头是道，也只是高级评茶师而已，和禅师的"吃茶去"了不相干。只有带着专注、觉知，尤其是无造作的觉知，以茶入禅，才能和古德的教诲相应。

总之，静茶七式不仅是让我们学会泡茶，还是静心慢生活的组成。进一步，是导向禅修的方便，乃至让泡茶成为禅修。通过这杯茶，感恩万物，体会缘起，训练专注，培养觉知，开启生命内在的清明。

（2022年7月月光茶会开示）

花开有时,一期一会

今天这个丁香茶会,大家一起喝茶、赏花、听雨,是不是很美好?

别院的树木以银杏、红枫、老梅桩为主,之前并没有计划种丁香。后来发现有块空地,就想到了丁香。我就读中国佛学院时,学院所在的法源寺有很多丁香;花开时,会有"丁香诗会",这是源于明清的吟诗唱和活动,很多历史名人参加过,堪称盛事。以前我去北京,如果正值花期,也会去看一看。

在别院丁香盛开之际,想到我们也可以做些什么,就有了这次茶会。以后我们不仅可以有丁香茶会,还可以有银杏、红枫、梅花的茶会,乃至一草一木,都可以成为茶会的缘起。

早在唐宋时期,茶就与禅结下了不解之缘,不仅是僧人修行的助力,也是向民众普及佛法的载体。依循这一传统,我们也将茶会赋予静心慢生活的内涵,以及面向社会的方便。

我们最近做了"静茶七式""静场七式"的课件,可以让更多人学习。具体怎么运用?别院是呈现静心慢生活的样板,所以首先在这里落实。

当然,我们真正的目的不是茶,也不是花,而是以此作为修心的契机。通过相应的仪式感,让心放下万缘,安住当下。

丁香盛开,是不是所有人都注意到?我想,可能有些人并没有看到。因为我们的心总是在别处,在追逐,在思绪纷飞,反而对眼前的美好视而不见。

茶会,正是引导我们把心带回当下。

我们静静地坐在这里,赏花就是赏花,听雨就是听雨。此刻不需要做任何事,只要带着开放性的觉知。

喝茶时,静静感受茶的味道,感受喝茶的整个过程。从端起茶杯,茶汤入口,进入身体,对所有变化了了明知,而又心无所住。

怎么才能了了明知?佛陀十大名号中有"正遍知",就是对一切的全然了知,通天彻地,纤毫毕现。这种遍知的智慧,是"于无所住而生其心"。

凡夫的认知都有焦点,当心关注某个对象时,会产生分别、执着,以及相应的情绪。进入这个状态,其他就被自动忽略了。就像现实中,当我们心事重重时,对外界的反应会变得迟钝。只有当心了无牵挂,才会物来影现,即刻反应。

我们坐在这里,带着一份没有造作的心,不做什么,不为什么,也不想什么;没有设定,没有期待,也没有执取。让心像明镜一样,对花木,对雨声,对周边的一切彻底开放。在这样的开放中,持续、稳定地保持觉知。

我们也可以在端起茶杯时,参一参——能吃茶的是谁?这个探究可以引导我们认识本心,也是赵州"吃茶去"的真意所在。凡夫总在向外追逐,贪着色声香味触法,从未反观自心,看看"喝茶的心是什么"。

茶会本身就是一次禅修,借由这些因缘,让心恢复本来状态,那是赤裸的、没有包装的心,是清净圆满、具足万法的心。

我们带着禅的见地和用心,来参加一期一会。时空无常变化,当下的这一念,亘古亘今,可谓一念万年。

今天这个茶会,从下雨,到阳光微微露,淡淡照。天地的变化,本身就呈现了无常之美。当我们放下设定、期待和执着,下雨时,觉得雨天很润；日照时，觉得阳光很暖，这就是禅宗的"日日是好日"。

一旦有了设定，就无法活在当下，甚至无法接纳现实，总是活在攀缘、追逐和依赖中，总要抓取什么才觉得安全。在这样的状态下，坐着会觉得无所事事，很无聊。

事实上，无所事事本身是很好的状态，说明心暂时没有陷入某种执着，或是执着不深。这是摆脱能所的必经过程，也是外求和反观的交叉路口。如果习惯性地想点什么，做点什么，心马上会落入凡夫串习，进而建立依赖。当依赖得不到满足，我们又会感到缺憾和不安全，在串习中顺流而下。

此刻，我们要做的就是单纯地坐着，和自己在一起，和天地万物在一起。

心本身是具足一切的。当心安住在本来状态，当下就是圆满的、自在的，充满欢喜，不会觉得缺少什么。这种能力需要通过禅修，让觉知力不断增长，对外界的依赖就会随之减少，生命也会越来越自在。

随喜大家学会"傻坐"。

（2022年丁香茶会开示）

心月朗照，安住当下

今天是中秋佳节，也是千家万户团圆的日子。我们相聚于此，一起喝茶，一起赏月，一起禅修，成就这场中秋月光茶会。说到茶会，给人感觉比较放松；说到禅修，又会认为比较严肃。那么，茶会怎么和禅修统一起来？

禅修有不同内涵，有禅定的禅，也有禅宗的禅。前者重视形式，从调身、调息到调心都有一定之规，重点在于得定。而禅宗的禅属于一种慧，所以它超越一切形式，不限于座上，生活中同样可以修习。打坐观心是禅，穿衣吃饭、搬柴运水也是禅。

因为禅的本质就是我们内在觉醒、清明的心，关键是去体认这个心，所有形式只是助缘，属于辅助条件。当然，打坐是很好的禅修方式，对开启智慧不可或缺，但仅仅停留于此还不够。我们看古代禅师的修行，不仅在座上，还在座下的行住坐卧、语默动静中。把喝茶与禅修结合，就是古已有之的传统。

此刻，我们以这样的方式相聚，意义不同寻常。

问月几何

"月到中秋分外明"。当我们看着今晚的月亮，会产生什么样的感受，引发什么样的情绪？

古往今来，有大量借月抒怀的诗文。"海上生明月，天涯共此时"，是表达对亲人的思念；"人有悲欢离合，月有阴晴圆缺，此事古难全"，是描写离愁别绪……这些传诵千古的名句，至今仍会拨动人的心弦，引起人的共鸣。但要小心，此时正在进入凡夫心的系统。

此外，"明月几时有，把酒问青天"，是通过追问，引发对永恒的思考：明月什么时候有的？天地什么时候有的？"江畔何人初见月，江月何年初照人？人生代代无穷已，江月年年只相似"，则是由月光带来的遐思：人间生死无常，世事兴衰变迁，可月亮始终那么看着，一代代的轮回更替，都不影响它到了初一十五，该下班就下班，该上班就上班。

这是世人由月亮引发的感怀和思考。那么，佛法智慧又是怎么认识月亮的？

心月朗照

禅宗祖师常把菩提自性比作月光，"心月孤悬，光吞万象"。月亮高挂空中，不需要任何立足点，同时可以朗照一切。我们的心月也是如此，它是超越根和尘的，所谓"灵光独耀，迥脱根尘，体露真常，不拘文字"。

今晚的天空很清澈，看不到一片云彩。而当月光没有升起时，四周一片漆黑，什么都看不清，这是代表无明的状态。处在这样的状态，就会对心灵天空出现的念头不知不觉，然后不知不觉地制造烦恼和业力，并在不知不觉中被烦恼和业力推着走。

但要知道，在无明的背后，那轮明月从未离去。即使被遮蔽，它本身还是不垢不净、圆满无缺的。当它显现时，可以照彻山河大地，让生命亮起来，让天地亮起来。有首偈颂大家应该很熟悉："菩萨清凉月，游于毕竟空，众生心水净，菩提影现中。"无云的天空就是毕竟空。当心不落入设定、执着及念头的陷阱时，菩提自性就会朗然显现。菩提导航第四阶段所展现的觉性，就是一片无垠晴空，东方、西方、南方、北方、上方、下方都是无限的，没有尽头。

禅茶会上，大家都有一个杯子，上面写了四个字——"回归本心"。这是提醒我们：通过赏月来认识自己的本心，像月光一样澄澈、光明、皎洁的心。所以我们今天不仅要赏外在的月亮，更重要的是去认识心月，认识心性光明。心光和月光是一体的，月光照遍十方，心光同样照遍十方。

天空会出现云彩，遮住月光。但不论有多少云彩，月光依然在那里，只是暂时看不到而已。心灵天空也是同样。如果能认识内在的心月，安住于此，即使起心动念，也不会给自己带来困扰。但如果不能体认心月，而是活在云彩中，就会被念头左右，被遮蔽本心。

安住当下

认识到这个道理，就需要了解：怎么喝茶，怎么赏月，怎么禅修？

正念禅修无非两大要领：一是专注力，一是觉察力。在泡茶的过程中，我们要对投茶、注水、出汤的每个动作保持专注，此刻世间只有泡茶这一件事。喝茶也是同样，从端起杯子，送到嘴边，喝下茶汤，整个过程了了明知。同时对茶的味道和香气清清楚楚，但不做任何评判。这比关注动作的难度更大，因为我们会习惯性地被味道和香气带跑，引发贪着等情绪，或是一系列的相关联想。如果出现这种情况，就可以把重点放在对动作的觉察，这是比较中性的。因为我们是以喝茶作为禅修助缘，不是为了品评茶的滋味，或寻找什么感觉，否则就本末倒置了。

在此过程中，如果分心了，打妄想了，也不必自责，但要快速觉察到，然后把心带回来，继续安住当下即可，所谓"不怕念起，只怕觉迟"。空性有两个特质：一是空，一是明。空，就是空旷无限，了不可得；明，就是了了明知，而不是像木头那样。

歇即菩提

除了正念喝茶，今晚要学习的另一种能力，是什么都不做，什么都不想。这绝非不知不觉，而是让心恢复它的初始设置。

我们坐在这里，感受月亮的光明向宇宙无限延伸，内心的光明也向法界无限延伸。这并不是说，我们在让光明延伸。不论我们是否看见，月光都照耀天地，这是它本来具有的功能，并不需要我们做什么。心也是同样，当我们什么都不做、什么都不想的时候，心就能呈现本具的光明，就像未被遮蔽的月光。

对本心的体会不需要造作，也不需要做任何事。这对很多人来说并不容易，因为我们一直都在做各种事，工作学习，吃喝玩乐，已形成做的串习。我经常说，现代人最大的问题是没有休息能力，不能让心静下来，歇下来，就会很辛苦。包括我们学佛，要发菩提心，做种种利益众生的事。如果在做的过程中缺乏觉察，也会形成习惯，停不下来。

如何在做事过程中保持一种超然、自在，做了和没做一样？需要去体会内心的无作无为。此刻我们安住当下，单纯地喝茶赏月，不做其他任何事，同时去体会，这个什么都不做、什么都不想的，到底是什么样的心？

外在的不做什么容易控制，但让心不打妄想就不容易了，别人管不住，自己也管不住。其实禅修的重点不是压制念头，而是不刻意地想什么，对于自然产生的念头，不迎不拒，不贪不嗔，不取不舍，保持觉察即可。

没有打妄想的时候，知道自己没有打妄想，心如虚空般清澈。当念头生起时，看到念头的来去，不讨厌，不拒绝，也不跟着跑，安住虚空而不着空相，所谓"长空不碍白云飞"。即使被念头带着跑一阵，只要及时发现，就能把心带回，继续安住。

总之，对一切保持觉察，云彩出现，知道云彩出现了；云彩消失，知道云彩消失了。这个了了明知之心是我们本来具足的，也是禅修需要体认的。

（2021年中秋月光茶会开示）

重新认识素食

宁静祥和

素食专项提出三个月来，项目组特别用心，开展了多轮研讨，我也和大家见过几次。今天的论坛中，云集了很多长期从事素食行业的大厨，包括推广素食的专业人士。把这件事做好，可以让更多人吃素，让更多众生免遭杀戮，所以这次的交流很有意义。

近几十年，内地开起了不同档次的素菜馆，但多半做得比较辛苦，甚至举步维艰，似乎都是为了情怀在投入。难道素食真的没有受众吗？不能成为正常的经营项目吗？我们可以看到，在起步较早的港台地区，素食已深受大众欢迎。我过去到台湾，听说有两千多家素菜馆，香港也随处可见，且每家素菜馆的菜品琳琅满目，宾客爆满。

为什么素食难以在内地普及？究其原因，应该是大家对素食存在误解。比如觉得素食没什么可吃，觉得素食营养不足，觉得吃素者都是出于信仰，等等。当然大城市会好一点，在上海、北京、广州、深圳、厦门等地，素菜馆相对较多，也做得比较成功。

长期以来，中国社会处在经济发展过程中。在那些贫苦年代，三餐无非吃些蔬菜，没什么机会吃肉。在人们的印象中，肉才是有营养的高级食品。所以有条件之后，自然把肉食作为首选。还有些人把吃素和信仰产生捆绑，觉得吃素是学佛人的专利，与他人无关。这些观念，使得素菜馆难以被大众接受，也难以形成一定的规模。

在这样的背景下，我们该如何推广素食？

素食的意义

首先是观念的转变,一方面要消除大众对素食的误解,另一方面要让大家看到素食的意义,主要体现在以下四方面。

1. 素食与健康

现在很多人富起来了,想吃什么就吃什么,想喝什么就喝什么,以为给身体注入了很多营养。其结果,却引发了各种健康问题。近几十年,中国的糖尿病等慢性病患者数量激增,居高不下,不仅给医疗系统增加沉重的负担,也给病人和家庭带来无尽的痛苦。

古人有句话叫"病从口入",过去,我们只是将此理解为不干净的食物。其实从广义上说,一切对自身不适宜的食物,都是直接的致病因素。什么才是有益健康的食物?如何揭示素食与健康的关系?

我们推广素食,必须建立科学的素食观,而不是简单地把素食和健康画等号。事实上,很多素食者并不注重营养搭配,吃得也不健康,未必有说服力。所以我们要加强学习,除了佛教法义,还要关注各领域的最新研究成果,全面了解素食对健康的正向价值,以及荤食的负面作用。理论、数据和实例相结合,才会使人心悦诚服地接受。

2. 素食与环保

素食对环保的意义,也是当今世界关注的重点。众多数据表明,发展畜牧业会消耗大量水资源和农作物,造成水源紧张、粮食供应不足。其结果,就是将森林等自然资源发展为农田,进一步加剧生态失衡。此外,动物排放会污染水源和空气,产生惊人的碳排放。这方面的研究资料很多,充分说明素食对环境是最友好的。可以说,吃素本身就是在力行环保,是成为低碳达人的首选。

3. 素食与时尚

为什么要让素食和时尚相关联?这对年轻人尤其重要。因为他们还不到关心健康的年龄,对环保也未必有多少感觉,但热衷追逐潮流。如果走传统路线,年轻人可能觉得这是上一代的食物和品位,缺乏兴趣。怎么才能吸引他们?需要将素食和餐厅打造成时尚的IP,不仅让大家吃到可口的食物,还能感受食物承载的精神内涵,空间营造的文化氛围。

现在有不少咖啡馆和餐厅成了年轻人必去的打卡地,走的正是时尚路线。包括很多产品找明星代言,也因为他们是时尚的象征。而从受众来看,年轻人的心态更开放,更愿意尝试新生事物,也更容易接受不同的饮食习惯。所以我们要多方探索,让素食成为大家喜闻乐见的新时尚。

4. 素食与慈悲

从佛法修行来说,素食是慈悲的饮食,是对生命的尊重和爱护。我小时候,常在早上四五点听到有人家里杀猪,叫声极其悲惨。儒家说:"君子之于禽兽也,见其生,不忍见其死;闻其声,不忍食其肉,是以君子远庖厨也。"但不见不闻就能解决问题吗?事实上,只要把其他生命当作食物,就必然会造成杀戮,是不慈悲的表现。

佛教有首为人熟知的偈颂:"千百年来碗里羹,怨深似海恨难平。欲知世上刀兵劫,但听屠门夜半声。"所以素食才是慈悲的饮食,和平的饮食。如果我们对动物心怀慈悲,自然会对身边的每个人充满慈悲。当我们彼此都能以慈悲相待,其乐融融,世界就会和平稳定。

以上四点,也是世界可持续发展的关键所在。现代人因为饮食和生活习惯的不健康,带来抑郁、焦虑等心理问题,还造成过度开发、环境污染等生态问题,甚至引发持续不断的国际冲突。如果从健康、环保的角度切入,让静心慢生活成为人人向往的时尚,成为修习慈心的助缘,就能从根本上解决问题。我们说的这些,不是简单的口号,还要有充分的理论和数据支持。这样才能让大家确定,吃素不仅是个人的饮食习惯,还是于众生、于世界有莫大利益的选择。

素食的五大要素

理想素食的五大要素：一是自然食材，注重原料选择；二是营养均衡，完善食物结构；三是慈心烹调，以良好的发心制作；四是静心摆盘，以正确的用心出品；五是正念为食，让吃饭成为修行。

根据这几点，每个组从不同角度做了分享，提供了众多菜品，是我们未来制作"静心菜谱"的素材。现在关于素食的菜谱很多，从实体书到公众号都有，蒸煮煎炸，花样繁多。我们也可以学习并吸收其中的长处，但前提是围绕五大要素。因为其他菜谱往往侧重制作，缺乏指导思想，而五大要素才是"静心菜谱"的特色和高度所在。

1. 自然食材

选择自然食材，不仅要关注食材本身，还要关注它的来源，包括食材的种植和生产。近年来，媒体曝光了很多违规制作食品的黑心厂家，让人特别担心，不知自己吃的食物中到底有些什么，会给健康带来什么隐患。一方面，食物造成的危害往往是不可逆的；另一方面，食物包含的有害成分往往是难以辨别的。怎么才能保障食品安全？必须从源头抓起，包括蔬菜的种植，酱油、醋等调料的加工，香菇、木耳、腐竹等山珍和各类半成品的生产制作。希望未来有人发心去做，我们吃的就由这些地方供应。当然也不是所有都得自己做，还可以寻找靠得住的供应商，确保食材是自然且有益健康的。

2. 营养均衡

说到营养，不少学佛者觉得身体是个臭皮囊，随便吃点就行，无须讲究。好在过去的人内心清净，修行得力，这么做也问题不大。但现代人工作那么忙，那么辛苦，如果营养长期跟不上，就会影响健康，不仅给自身的修行和生活造成障碍，也会使大众对素食甚至学佛产生负面印象。所以品种的多样性很重要，既保证营养均衡，也兼顾口味需求。

这就需要专门的营养师提供支持，根据身体所需安排膳食，确保每天摄入基本的维生素、矿物质和微量元素。此外，还可根据常见的现代病，如三高、肿瘤、心脑血管疾病等，有针对性地选择食物。中国历来有"药补不如食补"的传统，现代研究也认为，食物是最好的药。了解食物特性，就可以在满足常规营养的基础上，结合不同人的身体状况，从日常生活加以预防。就像艾灸中，既有几个通用的养生穴，也有针对性的治病穴位。

3. 慈心烹调

在烹调素食的过程中，我们要带着慈心和利他心，希望每个吃到的人都能健康、幸福，最终走向觉醒，成就佛道。基于这样的发心，就能让做菜成为慈心的修行。愿心看似无形，其实大有力量。这也是唯识讲的，我们认识的世界没有离开我们的认识。从这个意义上说，带着一份慈心烹调，就能让这份菜品散发慈心。受用者也会感受到这份慈心，甚至能增长慈心。

慈心不仅体现于发心，还体现于烹调过程中的用心。比如合理搭配食材，采用符合食物本味的烹调方式，适度使用调料增鲜提香。传统素食往往为了迎合口腹之欲，弥补食材的清淡，一味多油、多盐、多糖。有些仿荤半成品更是大量使用添加剂，反而让素食成了健康杀手，是极大的误区。好在目前大家已逐步认识到其中危害，也在尝试调整。

还要注意的是，怎么在注重健康的前提下，把菜做得吸引人。对很多人来说，好吃才是硬道理。如果只想着健康，不考虑口味，是难以让大众接受的。佛教强调中道，制作素食也是同样，需要把健康和美味统一起来，而不是偏执一端。

4. 静心摆盘

摆盘是正念修行的过程，要带着正念和利他心来做，借助这些呈现，让素食展现不俗的品味，让大家不仅从味道上，也从视觉、感受等方面爱上吃素。就像青菜在路边摊卖三块，到五星级宾馆卖几十块，再高档点，可能升级为上百块。从菜的味道来说，差别未必有那么大，但后者还包含了从器具、摆盘到环境、服务等一系列附加值，以此满足顾客不同层次的需求。

从推广素食来说，我们也要兼顾这一点。但我们不是为了卖得更贵，而是呈现素食的多样化和可能性，让大家知道，素食并不是简单地吃几个蔬菜，同样可以在色、香、味、形各方面做到极致，丰俭由人，各取所需。

静心，还体现在清净的禅意氛围。如果场所很安静，来此享用食物的人也会感到安静。就像大家进入别院打造的环境中，心很容易静下来。在喧闹的现代社会，安静是极为难得的体验。所以第四点不仅在于摆盘，还要营造一个场。现代企业讲究人货场，希望未来的素菜馆，都能成为都市人的心灵家园，帮助他们安身养心。如果做到这样，就会产生黏性，让人们愿意一来再来。反之，仅仅是吃东西，其实在哪里都能吃，但场的调性是难以复制且不可替代的。

5. 正念为食

我们现在倡导的静茶七式，让泡茶到喝茶都成为禅修。禅是一种生活智慧，不仅体现于茶，还体现于生活中的吃饭、穿衣、待人接物。我们斋堂挂的"正念为食"，就是提醒大家，要带着觉知，专注当下，让吃饭成为修行。

以上，是我们未来推广素食的五大要素，依此打造"静心素食"，建设相关产业。其中涉及食材生产、营养搭配、烹调摆盘、空间打造等方方面面，需要大家深入研讨，也需要专业人士的传帮带。吃饭是生活中的大事，吃得健康，吃得欢喜，是每个人的刚需。以此为切入点，可以引导人们建立健康生活，拥有健康身心，同时成为走向觉醒的方便。就像静茶七式那样，成为静心慢生活的重要组成。

静食六式

静食六式中，一是用心备菜，二是慈心烹调，三是静心摆盘，四是正念为食，五是感恩离座，六是本来空。其中有三式，和素食五大要素相同。不同在于，静食六式包含准备、烹调到吃饭的完整过程，更侧重正念在日常饮食中的运用。

第一是用心备菜，重点落实为慈心和正念。首先以慈心为基础，然后带着利他心、恭敬心、供养心、欢喜心去做。希望我们准备的菜品能给他人带去利益，让他们的身心得到滋养。其次要带着正念，在备菜过程中专注当下，保持觉知。这样的话，备菜既是慈心的修行，又是正念的修行。

第二慈心烹调和第三静心摆盘，与前面所说的用心一样。首先是生起慈心，然后带着利他心、恭敬心、供养心、欢喜心去做。

第四是正念为食。首先，带着什么样的发心而吃，佛教的食存五观就是提醒我们：到底为什么而吃？为了贪嗔痴而吃，还是为了觉醒解脱？我们要借助这个色身成就道业，所以通过吃饭来滋养它，目的是觉醒解脱，利益众生，而不是满足贪嗔痴。其次，在进食过程中保有正念，"防心离过，贪等为宗"，学会带着正念去吃。

第五是感恩离座。吃完后，带着深深的感恩心，感恩生产食物的农民、工人及所有相关人员。我们吃到的每一份食物背后，都有无数人的辛勤劳动，没有他们的付出，我们怎么能吃到这些食物呢？然后带着感恩心离座。

第六是本来空。空是提醒我们不执着，以平常心受用食物，吃到合口味的不贪着，吃到不合口味的不抱怨。事实上，食物是特别容易引发贪嗔的对境。因为我们已经习惯对食物心生分别，这就必须特别关注，以免自己在不知不觉中落入串习。

素食五大要素是我们编写菜谱、营造空间的指导思想，而静食六式重点在日常运用,从备菜、烹调、摆盘到吃饭,有较为完整的呈现。未来可以像静茶七式那样大力推广,将修行真正落实到生活中。

从素食到素生活的认识

我们不仅要倡导素食,还要倡导素生活的理念。可以说,素生活就是素食的延伸。有了素生活,素食才能得到更有效的推广。佛教说,素食有三德六味。根据现代人的特点,我们总结了素食五德,即自然、朴素、健康、静心、和谐的精神内涵。

第一是自然,选择自然而非深加工的食物。

第二是朴素,返璞归真,建立俭朴而非奢华的生活方式。

第三是健康,包括身体、心理和生态环境的健康,让人们拥有健康的身心,让世界拥有健康的生态。

第四是静心,现代人往往身心焦躁,通过素食和素生活,可以帮助人们以饮食安身,以修行安心。

第五是和谐,从个人身与心的和谐,到人与人的和谐,再到人与环境的和谐。

这就需要从素食出发,进一步推广素生活,从空间打造、器物选择、氛围营造等方面,建立相应的生活方式。未来,我们要将此形成标准,在国内外推广倡导,使之成为人人向往的新生活,这对人类身心健康和地球持续发展意义重大。

素食的传播

怎么在现代社会传播素食是我们面临的重要课题，需要有一批人投入精力、财力、物力去做。其中不仅要有做素食的大厨，还要有空间设计、生活美学等相关从业者，为倡导素生活提供全方位的服务和指导。

参与者要对这种生活方式充满信心，相信在后疫情时代，素食和素生活将成为人们的心之所向，引领未来潮流。建立这种认知，认识这份倡导的意义后，还要投身其中，做出一批样板空间，作为素生活体验馆。当大家身处禅意空间，感到吃饭可以满足身体和精神的双重需要，还会不来吗？

我们的人文空间，也可以成为落实素生活的道场。在这里，不只是读读书，还可以品尝健康食品。再结合静茶七式、禅修体验，可以满足人们不同层面的需求，全方位地安顿身心。

立足于此，我们还要形成一定的品牌效应。为什么麦当劳、肯德基能把鸡腿、薯条卖到全世界？就是形成了标准化、模式化的操作，店家知道自己做什么，顾客知道自己能买到什么。所以我们也要依五大要素形成素食标准，保证出品质量，让人吃得安心。现代人习惯点外卖，未来如果有人为这些群体做好素食简餐，应该也有很大的市场。

在此基础上，可以进一步通过公众号、直播等现代媒体，倡导这种新生活。我们有思想高度，有理论指导，如果加上好的内容，系统性地推广传播，真是自利利他，造福社会。

（2022年秋讲于静心图书馆）

素食，不仅是素食

素食，和佛教的关系非常密切。在中国，传统的素食者多半是出于信仰而做出这个选择。中国佛教协会曾对僧人有过生活上的要求，即"素食、独身、僧装"，从中可以看出汉传佛教对素食的重视程度。但在南传和藏传佛教中，却没有相关规定。这是为什么呢？因为南传继承原始佛教的传统，托钵乞食，施主们给什么就吃什么，对饮食没有特别禁忌。至于藏传，虽和汉传同属大乘佛教，理应素食，但藏地气候寒冷，少有蔬菜，也没有形成素食的习惯。

到了今天，随着三大语系佛教相互交流的深入，随着交通和生活条件的极大改善，有不少南传和藏传的大德开始提倡素食。因为素食不仅代表了一种饮食习惯，更是源自佛教慈悲精神的一种修行。所以，素食虽是作为汉传佛教特有的生活方式，但它的影响正在不断扩大。

与此同时，随着人们动物保护和环境保护意识的增强，以及对健康、营养等问题的重新认识，还有不少人出于宗教以外的原因选择了素食，其中不乏文体明星和各界知名人士。可以说，素食正在呈现世界化的流行趋势。

素食的产生

虽然素食是汉传佛教特有的传统，但这一选择并非独出心裁，而是以大乘经教为依据的。佛教在西汉哀帝时传入中国，当时来华的印度僧人并未严格吃素，汉地自然也没有素食之风。直到梁武帝时期，经过他的大力倡导，素食才成为僧人必须遵循的行为规范。

梁武帝是一位虔诚的佛教徒，精通教义，经常搭上缦衣为王公大臣说法，甚至几度入寺，舍身为奴。国不可一日无君，所以朝廷只能以重金将皇帝赎回，僧团因此积累了大量财富，广修道场。"南朝四百八十寺，多少楼台烟雨中"，就是这一时期的写照。

梁武帝在研读经典过程中发现，大乘经典明确提出，佛子应断除肉食。如佛陀在《涅槃经》中说："善男子，从今日始，不听声闻弟子食肉。若受檀越信施之时，应观是食如子肉想。"为什么要这样做呢？佛陀接着告诉我们："夫食肉者，断大慈种……其食肉者，若行、若住、若坐、若卧，一切众生闻其肉气，悉生恐怖。譬如有人近狮子已，众人见之，闻狮子臭，亦生恐怖。"作为大乘佛子，在成就智慧的同时，还要成就慈悲。而食肉会令众生心生恐惧，不敢接近，有违慈悲的修行。

而在《楞伽经》中，佛陀也告诉我们："夫食肉者，有无量过，诸菩萨摩诃萨修大慈悲，不得食肉。"接着，佛陀进一步阐述了肉食的过患和素食的功德："贪着肉味，更相杀害，远离贤圣，受生死苦；舍肉味者，闻正法味，于菩萨地如实修行，速得阿耨多罗三藐三菩提。"

此外，本生故事还记载了许多佛陀在因地为救助众生不惜舍身的壮举，比如我们熟悉的割肉喂鹰、舍身饲虎等。作为大乘学子，我们要闻佛所言，学佛所行，如果做不到舍己救人，反而为贪口腹之欲以众生为食，不觉得太惭愧了吗？

除了经典依据，"梵网菩萨戒"明确规定："若佛子故食肉，一切肉不得食，断大慈悲性种子，一切众生见而舍去。是故一切菩萨不得食一切众生肉，食肉得无量罪，若故食者，犯轻垢罪。"禁止肉食的原因就在于，吃众生肉会影响慈悲的修行，令众生对你心怀恐惧。菩萨要摄受众生，令众生欢喜，令众生乐于亲近，如果使他们感到恐惧之心，就不能与之广结善缘，进一步度化他们。

是以，梁武帝根据这些大乘经律撰写了《断酒肉文》，劝勉四众弟子勿饮酒食肉，并明令出家众必须戒除酒肉："若食肉者，障菩提心，无菩萨法，无四无量心，无大慈大悲。以是因缘，佛子不续。"

因为梁武帝的大力倡导，汉传佛教开始形成素食的传统，并延续至今。

素食和声闻乘佛教的关系

佛教有声闻乘和菩萨乘之分，亦称小乘和大乘。为什么会有大小之别？其实，两者都是以解脱为目标，即解脱生命内在的无明、迷惑和烦恼。区别只在于，是追求个人解脱还是带领一切众生走向解脱。如果你的目标只是希望个人解脱，那是声闻乘的发心，是为小；如果你的目标不仅在于个人解脱，也希望带领一切众生走向解脱，那是菩萨乘的发心，是为大。

根据不同的发心，又形成了相应的戒律。声闻戒主要偏向止恶，比如五戒，为不杀生、不偷盗、不邪淫、不妄语、不饮酒。每条戒相之前都有一个"不"字，告诉我们不可以做什么。五戒如此，八戒、沙弥戒和比丘戒同样如此。其重点在于对恶的否定，要我们积极阻止自身的不善行为，亦称止持，通过止息某种行为来持戒。

五戒中的前四条为性戒，即行为本身就是不善的，是需要禁止的，这也是出家戒的四条根本重罪。可见，不杀生是声闻戒的重要内容。或许有人感到疑惑，前面不是说过南传佛教不禁肉食吗？须知这是有前提的，唯有三净肉才允许吃。

所谓三净肉，即不见、不闻、不疑。不见，就是没有亲眼看到这个动物为你杀；不闻，就是没有听到这个动物为你杀；不疑，就是没有任何迹象表明这个动物是为你而杀。具备这三个条件，属于可食用的净肉。反之，就涉及杀生范畴，是不能食用的。

虽然声闻戒允许吃三净肉，但事实上，只要有人消费，就会出现相关从业人员，就会有动物因此遭到杀戮。虽然不是直接为你而杀，也是间接为你而杀，追溯起来，还是难辞其咎。如果对肉食消费得少，乃至完全不消费，那么从业者自然随之减少，很多动物就可以摆脱被屠宰、割截的厄运。

当然，在传统乞食制度下，几乎没什么选择空间，所以不禁肉食是可以理解的。但我们要知道，如果有条件吃素，才是究竟的不杀生，才能更好体现佛教的慈悲精神。

素食和大乘佛教的关系

汉传佛教属于大乘，但从目前来看，并未彰显大乘积极利他的精神，反而予大众消极、出世的印象。因为多数佛教徒关心的都是自己，念佛人想赶快往生极乐，修禅者想赶快了脱生死，很少想着如何让更多的人走向解脱。所以说，社会对佛教的误解并非空穴来风，在很大程度上，和我们自身的所作所为有关。

原因何在？就是因为我们对大乘不共声闻的精神认识不足，实践不足。这个不共的精神，就是菩提心。作为大乘佛子，我们要不断告诫自己：不仅自己要走向觉醒，也要帮助一切众生走向觉醒，以此作为尽未来际的生命目标。唯有建立起这样的愿望，才是菩萨行者。否则，不论学了多少大乘经典，都不能算合格的大乘佛子。如果说皈依三宝代表着我们对信仰的选择，那么发菩提心就标志着我们已跻身大乘行列。

在汉传佛教地区，不少人热衷于受菩萨戒，但往往只是作为一种走过场的形式。却不知道，菩萨戒的关键是菩提心，如果不曾发起菩提心，这种所谓的"菩萨"是不合格的，是有名无实的。而在发起菩提心之后，还要进一步受持菩萨戒，遵循菩萨的行为准则。所以，受菩萨戒不是意味着我们有了更高的"级别"，而是意味着我们对自己有了更高的要求。

菩萨戒和声闻戒的不同在于，声闻戒偏向止恶，而菩萨戒包括止恶、行善、利益众生三方面，分别为摄律仪戒、摄善法戒、饶益有情戒。也就是说，作为菩萨的行者，不止恶是犯戒的，不行善是犯戒的，有机会帮助众生却不闻不问也是犯戒的。

为什么呢？因为菩提心代表着崇高的利他愿望，也代表着觉醒的心。我们知道，成佛是成就生命的觉醒。发菩提心，就是以佛陀为目标，发愿成为像佛陀那样的觉悟者。那么，成为觉悟者和利益众生到底有什么关系呢？凡夫处处以自我为中心，反而会因此陷入我执，迷失自己。当我们将生命重心从自己转向他人，就能由此弱化我执，明心见性。所以，利他不仅能成就慈悲，也能成就内在的觉醒。

在大乘佛教中，任何一个法门都离不开菩提心，离不开慈悲的修行，而素食正是一种慈悲的修行。只要做出这个选择，不必多花时间，就可以日日修、月月修、年年修。儒家说："己所不欲，勿施于人。"每个人都渴望生存而害怕死亡，因为自己会感到害怕，就要将心比心，不再把这种恐惧带给其他众生，而是给他们以关怀，以慈悲。

所谓慈悲，慈是予乐，悲是拔苦。一方面是创造条件，使众生获得快乐；另一方面是施以援手，将众生从痛苦深渊中拯救出来。从发起菩提心的那一刻起，我们就要坚持不懈地拔苦、予乐，最终成就佛菩萨那样的大慈大悲。

这种大是有标准的，那就是对任何众生都能生起平等无别的慈悲。如果还有一个众生是你不愿慈悲的，就说明慈悲的修行尚未圆满。如何将我们现前的、充满分别而微不足道的慈悲扩大到无限？佛教中有四无量心的修行，就是将"慈悲喜舍"四种心逐渐扩大至无量，具体内容是："愿一切众生永具安乐及安乐因（慈），愿一切众生远离众苦及众苦因（悲），愿一切众生永具无苦之乐、身心愉悦（喜），愿一切众生远离贪嗔之心、住平等舍（舍）。"

如果觉得四无量心的修习不够具体，可以多听听南传佛教的《慈经》，在听的过程中随文入观，把经中所说的每句话变成自己的愿望：愿我远离痛苦，愿我的父母远离痛苦，愿我的朋友远离痛苦，乃至愿天下所有的人远离痛苦。这种思维需要不断重复、不断熏习，每天这样告诫自己，慈悲的力量就会随之增长。

在佛教中，慈悲心是作为菩提心的生起之因。有了慈悲心，才会真诚地利益大众。反过来，菩提心又是慈悲心的圆满之因，有了菩提心，才能使有限的慈悲扩大为无限。

《普贤行愿品》说："一切众生而为树根，诸佛菩萨而为华果，以大悲水饶益众生，则能成就诸佛菩萨智慧华果。"告诉我们：佛菩萨所成就的菩提之果，离不开众生这个土壤。唯有在利益众生的过程中，慈悲心才能不断成就，乃至圆满。而从世间法来说，慈悲心增长了，福报就会增加，事业就会顺利，众生就会越来越欢喜我们。所以说，慈悲心是人生最大的财富。

大乘佛教之所以禁止肉食，就是因为重视慈悲的修行。不仅自己要走向解脱，还要和一切众生广结善缘。如果伤害众生，以众生为食，何以度化他们？所以素食和大乘精神是完全吻合的，是培养慈悲的直接途径，也是对大乘精神的切身实践。

推广素食的意义

素食的目的，是帮助我们戒除杀心和嗔心。佛教有一部《十善业道经》，其中讲到戒杀的十大利益："若离杀生，即得成就十离恼法。何等为十？一、于诸众生普施无畏；二、常于众生起大慈心；三、永断一切嗔恚习气；四、身常无病；五、寿命长远；六、恒为非人之所守护；七、常无噩梦，寝觉快乐；八、灭除怨结，众怨自解；九、无恶道怖；十、命终生天。是为十。若能回向阿耨多罗三藐三菩提者，后成佛时，得佛随心自在寿命。"

第一，一个没有杀心的人，任何人都不会害怕你，这是对众生普遍给予无畏施；第二，有利于慈悲心的生起，因为不忍，所以不杀，内心常怀柔软；第三，可以永远消除内在的仇恨心理，所谓仁者无敌，当世间再没有人与你为敌，又需要去恨谁、恼谁呢；第四，使我们身体健康，远离病痛，因为除四大不调之外，很多疾病都和我们伤害众生而感得的恶业有关；第五，因为你没有使众生早早夭折，所以能感得长寿的果报；第六，不论走到哪里，都有很多护法在保护你；第七，因为不伤害众生，所以也不用担心被伤害，不会被噩梦缠绕；第八，不结冤仇，即使以往结下的冤仇也会因此化解；第九，不必担心将来堕落恶道；第十，命终之后，可以因这一善业得生天道。

在这十大利益中，包括了生理健康和心理健康两方面。健康，是现代人最关心的热点。我曾接受一个关于健康主题的采访，我给他们提供了一句话："身体健康是人生最大的财富，修心养性是人生最有价值的工作。"现代社会，虽然物质条件有了极大改善，但国人的幸福感却普遍不高。不仅如此，心理疾病患者正在日益增多。根源何在？我觉得，在很大程度上和人们的生活方式有关。

科技的发达，商业的繁荣，为我们带来了一种貌似丰富、实则混乱的生活。我们每天都要面对无数选择，经受种种诱惑，所以多数人都是活在一种躁动和混乱中，无法自控。现代人其实挺可怜，很多人甚至丧失了休息的能力，每天不停地忙碌着，忙着工作，忙着家庭，忙着娱乐。这种忙碌已形成强大的串习，根本就无法让自己静下来。而且，这种生活方式多是以牺牲身心健康为代价的。这种代价是如此沉重，往往在我们发现时，就已经覆水难收了。

这种生活不仅使我们的身心混乱不堪，也使生态环境受到毁灭性的破坏。我们今天讲环保，不是种几棵树或是做一场宣传就能解决问题的。关键在于，我们的生活方式就与环保背道而驰。如果不改变这种现状，所谓的环保，只能是亡羊补牢式的被动追赶，根本无法遏制环境的继续恶化。

很多时候，我们虽在说着环保，但依然过着极不环保的生活。这种生活正是构成身心疲惫和环境恶化的关键所在。说到这个问题，使我想到佛教的戒律。为什么修行要从持戒开始？就是帮助我们建立一种健康而有益身心的生活方式，使我们拥有宁静平和的心态，然后就能进一步修定发慧。修行如此，生活也是如此。有了健康的生活方式，才会有健康的身心，才不会对环境构成太大破坏。

素食，就是一种健康的生活方式。在中国，民众对素食有种种的误解和偏见，总以为吃素会导致营养不良，或以为吃素是生活窘迫的无奈选择，等等，这些观念严重阻碍了素食的推广。

而从环保的角度来说，素食也是拯救环境危机的不二选择。诸多研究表明，养殖业的大规模发展，正是导致气候变暖的最大元凶。造成全球温室效应的气体排放，有两成来自养殖业，超过世界所有交通工具的排放量。同时，养殖业还消耗了大量的土地和水资源。查阅一下相关数据，相信大家都会感到震惊。如果不加以改变，我们每天的生活就是在破坏地球，就是在让世界末日提前到来。

所以说，素食不仅有助于自己的身心健康，也有利于全球的环境保护，是一种文明、健康、时尚的生活方式。事实上，这种生活方式正在成为更多有识之士的理性选择。

开素菜馆的辅助条件

怎样才能开好一个素菜馆？

第一，要有正确的发心，不要简单把它当作一个提供菜品的地方，要发心让更多的人因为走进素菜馆而有所收获。因为素食是在长养慈悲之因，如果有人因此对众生心生慈悲，对未来人生将大有利益。此外，素食代表着健康、环保的饮食。推广素食就是在推广健康，推广环保。以这样的发心去做，自然会得到大众的拥护，使双方共同受益。

第二，营造祥和的氛围。作为素菜馆的员工，应该有不同于普通服务员的精神面貌。可以让他们学习一些佛教礼仪，同时增加一些佛教方面的修行。不少餐馆都有早会，素菜馆的早会，可以让员工在一起听听《慈经》，念念五戒和四无量心，使他们具有调柔宁静的形象，慈悲祥和的气质，让顾客来到之后感受到与众不同的气息。

第三，把素菜馆作为传播佛教文化的场所，可以设立阅览区，提供一些通俗易懂的法宝，供阅览或结缘。除正常营业时间外，还可以适当做些开放阅览，既能与人方便，又能增加素菜馆的人气。从另一个角度来说，如果有更多的人认同佛教，就会有更多的人戒杀吃素，可以增加潜在的客户群。

第四，重视素食的宣传。编印一些关于素食利益的小册子，图文并茂，让更多的人认识到：为什么要吃素，吃素有哪些好处，怎样吃素才能吃得健康、吃出美味。只要以大众喜闻乐见的形式呈现出来，就能起到润物细无声的作用。一个人只有在观念上接受了素食，才乐意经常走进素菜馆，而不是偶尔体验一下。

第五，组织一些环保和慈善方面的活动。素食者多半比较有爱心，比较关心公益，依托素菜馆举办相关活动，一方面可以利益大众，另一方面可以扩大素菜馆的影响，增加自身的凝聚力。

第六，条件成熟时可以定期举办一些读书沙龙，或关于佛学及文化、艺术、养生方面的讲座，形成一个固定的群体。

如果把这六方面做好，那就不只是在提供饮食，而是在推广一种文化，推广一种健康生活的理念。以这样的发心开素菜馆，和单纯为利益而做是完全两个概念。从另一个角度来说，只要有这份真诚利他的心，一定会得到大家的认同，得到更多的护持。

如何经营素食

当然，仅有发心还不够，因为人们来素菜馆毕竟是为了吃饭。所以，还要在空间布置和食物品质上下足功夫。我也提供几点个人想法，供大家参考。

第一，注重空间的营造，有禅意而不必太宗教化，否则可能会把佛教徒以外的人拒之门外。所谓禅意空间，就是能传达一种宁静、空灵的气息，使顾客在吃素的同时，得到精神的享受。现代人越来越讲究品位，吃饭更注重的是感觉，吃什么反倒退居其次了。如果有一个令人留恋的空间，将成为人们选择这家餐厅的重要因素。这就是佛教所说的"触食"——一种使身心感到愉悦的"食物"。

第二，注重食品的健康。在中国，食品安全是个人人关心的大问题。很多时候，我们不知道所吃的食物包含着多少有害物质。作为素菜馆，应该尽量提供绿色食品。让大家相信，在这里所吃到的，既有益健康，又绝对安全。建立起这个信誉，将成为素菜馆的一个亮点。

第三，注重原料的特色。吸收天南地北的特产，包括世界各地的食材，让大家感到，吃素并不是简单的青菜豆腐，而是一件既饱口福又长见识的事，是一件充满乐趣的事。

第四，注重制作的艺术。素菜制作不仅要讲究色香味，还要给人以美感，从菜品本身到装盘、造型都要相得益彰，赏心悦目，使顾客在品味美食的同时，感受到其中独一无二的用心。

第五，注重不同的需求。偶尔吃素和经常吃素的群体，对食物和消费会有不同的诉求。作为素菜馆，应该尽量兼顾这些需求，一方面让人吃得好，吃得难忘；另一方面又让人吃得起，愿意常常来吃。只有这样，才能使素食真正走进大众，走进生活，成为更多人终身而不是偶尔的选择。

如果能从这几方面去经营素菜馆，做出自身特色，素食就有希望引起大众的关注，甚至成为中国社会的主流饮食，这需要大家的共同努力。

结语

科学家爱因斯坦曾经说过："没有什么比素食更能改善人的健康和增加人在地球上的生存机会了。一个只关心自己并视周围其他生灵毫无意义的人，其生活不会健康和快乐。"文学家梭罗也说过："相信在今后人类不断进化的过程中，必定会逐渐弃绝食肉的恶习。"

目前，从亚洲到欧美，素食者正在日益增长。随着大众对素食认知的提高，对健康饮食的向往，对低碳生活的响应，这一饮食习惯将受到越来越多的认同和尊重。作为素食行业的从业者,你们选择的是一个朝阳产业,是可以大有作为的。希望大家能够发大心、用足心,让更多的人因此认识素食,选择素食,让更多的人因此戒杀护生,自利利他。

(2011年讲于厦门国际素食论坛)

禅与生活美学

这次活动的报名很踊跃,看来禅意空间、生活美学很有市场。传承传播传统文化要有无量方便,"水边林下"是其中的重点之一。这是集文化、艺术、禅与生活美学于一体的读书会,自举办以来,深受社会大众,尤其是城市白领的欢迎,成为有效的方式。

建立真善美的人生

如何使优秀传统文化走向社会?必须以大众喜爱且心向往之的方式来呈现,那就是建立真善美的人生。

1. 求真、求善、求美

什么是真善美?我们一起学习人生的智慧,探索生命真相,此为求真。现代社会有的人道德缺失,人与人之间冷漠无感,但在读书会中,大家其乐融融,尤其是义工们,把开展读书会作为慈悲的实践,利他的修行,学做有大爱的人,此为求善。同时,我们还通过禅意空间、生活美学形成良好氛围,此为求美。

对真善美的追求是没有界限的,不论什么民族,什么国家,有没有宗教信仰,内心多少会有这样一份向往。只不过有时潜藏得较深,尚未意识到。所以我们要创造环境,唤起大众对真善美的好乐。这种方式既是社会大众的需要,也使我们通过利他变得更健康、更纯粹、更美好,同时还符合政府关于和谐社会的倡导。因为和谐社会离不开人的自身素养，只有每个人正心修身，社会才能安定祥和。

弘扬优秀传统文化要重视环境营造，带着打造禅意空间和生活美学的意识来做。佛教本身有两个定位，既是世界三大宗教之一，也是传统儒释道文化的重要组成部分。现在政府非常重视传统文化，党的十九大报告就指出："中国特色社会主义文化，源自中华民族五千多年文明历史所孕育的中华优秀传统文化。"所以说，我们弘扬传统文化就是参与中国特色社会主义建设。

佛教传入以来，全面影响了中国文化。我在《佛教与中国传统文化》一文中，就阐述了佛教对中国哲学、文学、艺术、民俗的影响。关于艺术的部分，我还专门讲过"觉醒的艺术"，介绍了佛教对传统艺术和当代艺术的作用，可以结合起来看。

中国传统艺术重视写意，佛法的出世超然和解脱，为书法、绘画、雕塑各领域的创作者奠定了思想高度。西方艺术自文艺复兴得到极大发展，人们认识到自身的价值，认为人是宇宙的精华、万物的灵长，开始追求个性解放。但工业革命以来，随着物质文明的飞速发展，欲望被迅速鼓动起来。尤其是经历两次世界大战后，哲学家和艺术家开始重新审视人性，发现人性并不是那么美好，而是有着诸多问题。当代艺术的产生背景，就是对人性多样性的困惑，以及对由此带来的种种问题的反思。事实上，如果没有足够的智慧认识心性，是找不到人生出路的。

佛教的解脱和西哲讲的个性解放看似相近，却有着截然不同的内涵。关于这个问题，我和哲学家周国平有过对话。从产生背景看，两者都是对传统的反叛。佛教出现在公元前六世纪，当时印度的传统宗教是婆罗门教，以神为本。佛教倡导人本思想，否定神的权威性，认为一切众生都有佛性，人的价值并不在神那里，而在于完善自身，成就解脱。西方文艺复兴提出个性解放，则是因为人性在中世纪受到的压抑。但这种复兴在带来文化繁荣的同时，也使人性中的负面力量得以张扬。现代社会有的人道德堕落、生态恶化等种种问题，究其根源，都和个性解放有关。这也说明了两者的区别所在：解脱是充分了解人性后，去除负面心理，开显正向力量；而个性解放不是以断恶修善为前提，就会带来种种副作用，甚至后患无穷。所以我们要追求清净无染的解脱，而不仅仅是张扬自我的个性解放。

2. 禅意空间的作用

怎么追求真善美？在物质高度发达的今天，很多人的生活从贫穷走向富有。按过去的期待，许多人已经有了梦寐以求的生活，幸福值是否有了同样的提高？其实未必。事实上，人们在向外追逐的过程中，越来越累，越来越找不到自己，也越来越难感受到幸福。为什么会这样？因为幸福并非单纯的物质就能解决的，关键在于能感受幸福的心。

这样的心来自观念和心态的改变，也来自富有品位和精神内涵的生活。近年来兴起的民宿，设计中往往包含自然、禅意的元素，就反映了这种返璞归真的需求。因为环境是安心的助缘，在某些特定空间，心更容易静下来，从向外追逐转而向内审视。所以营造禅意空间不仅是我们的需要，更是社会大众的需要。

虽然佛法是人生的大智慧，但普通人未必能认识其中的殊胜，也未必能立刻于法受益，所以这种传播需要循循善诱。现代人是很着相的，通过禅意空间和生活美学来呈现，可以成为接引大众的方便。这样的空间首先是美的，空灵的，让人愿意安住；其次是能在其中感受到义工们的善意，在人际关系日益冷漠的当下，这种温暖尤为难得。进一步，就能引导他们学习智慧，追求真理。所以在接引次第上，是从美入手，然后以善感化，最后以真提升。从这个角度说，空间氛围非常重要，甚至决定了人们的第一印象。

传统道场是偏信仰型的。很多寺院虽然很大，殿堂很多，但主要用于供奉佛菩萨，让信众礼拜敬香，想开展禅修、讲学等弘法活动时，反而没有合适的空间。不少人觉得佛教是迷信，只能吸引那些没文化的人，虽然是偏见，但多少与寺院的建筑功能有关。如果寺院只能提供信仰而非修学的功能，信众自然会停留在求求拜拜。事实上，寺院本身的定位是内修外弘，在成就僧众学法修行的同时，起到化世导俗的作用。

佛教自西汉传入中国，在隋唐走向鼎盛，当时很多一流人才都由儒入佛，故有"儒门恬淡，收拾不住，皆归释氏"之说。从留存的唐代寺院布局图看，当时的寺院是由各个学经院构成主体，就像学校一样。此后，佛教从义学（教理研究）到实修都开始走下坡，寺院也逐渐从修学型转为信仰型。如果想恢复道场最初的定位，就要从建筑功能着手改变。我们目前在建的道场主要重视两点：一是功能，要以人为核心，为人的修学服务；二是效果，营造摄心、安住的清净氛围。

随着社会的发展，信仰也在不断内化。过去人对信仰的诉求主要是求保佑，求加持，希望自己平安健康、升官发财。而现代社会最突出的是心态问题，一方面是认识的困惑，不知道我是谁，也不知道人生的意义；另一方面是对未来的迷茫，不知道这个世界会怎样，也不知道自己走向何方。多数人的痛苦不在于缺吃少穿，而是由精神匮乏引发的焦躁、抑郁、没有安全感，所以越来越多的人有静心的需要。

人类之所以有哲学和宗教，就是为了解决烦恼，进而解决生命永恒的困惑。我们建设道场、营造禅意空间的目的，是以此为接引，让人们有缘接触智慧文化，进而由静心读书入门，再通过有次第的修学改变观念，调整心态，进而解决现实乃至终极的问题。

十二字箴言的提出

怎么才能让禅意空间具备摄受力？我在寺院住了几十年，对现有道场的建筑、功能到管理都不太满意，一直在做相关思考。为此还专门去台湾考察佛教建筑，虽然没找到理想样本，但还是很有启发。有时你确定自己不要什么，才知道该要什么。基于这些思考，我提出了禅意空间的十二个字，那就是"无我、无相、无限、出世、寂静、超然"。这是禅的境界，生命的境界，也可以和具体事物相结合。用在建筑上，是建筑呈现的气质；用在空间上，是空间达到的效果。

1. 无我、无相、无限

从修行来说，真正体认无我、无相、无限，其实是开悟后的境界。因为这些都属于空性的特征。无我就是没有中心。凡夫处处以"我"为中心，但在空性层面，一切是没有中心的。小至微尘，大到宇宙，无非众缘和合的显现，其中并没有作为中心的自性。

无相是超越二元对立的相，不执着有无、美丑、善恶、好坏等。凡夫因为我执和法执，引发对立及贪着、嗔恨等种种烦恼。无相就是要了知一切都是缘起的呈现，在差别相的当下放下对立，体会无相的心体。《六祖坛经》中，以"无念为宗，无相为体，无住为本"为禅宗修行三大要领，可见无相的重要性。

当我们审视自己的心，会发现心没有颜色，没有形状，也没有边界。只有无相，才是无限的存在。从根本上说，六道众生、天地万物都是一体的。但凡夫由执着设置了种种界限，包括人和人的界限、种族和种族的界限、国家和国家的界限，将世界碎片化，也使我们束缚其中。

修行就是要放下我执、解除对立、打破界限。虽然我们现在还不能真正领会无我、无相、无限的内涵，但可以通过修行逐步靠近。而禅意空间不仅可以作为接引众生的方便，也是进一步修行的助缘。

2. 出世、寂静、超然

这是依无我、无相、无限修行的成果。如果我们不学佛法，没有善知识引导，又没有禅修方法，就会处处黏着，让生活中微不足道的小利益、小感情成为整个世界。只有心无所住，才能出离世间，超然物外，妄念也将随之平息，呈现生命内在的寂静和欢喜。否则就会终日向外驰求，哪怕身体想休息了，妄念依然此起彼伏，躁动不安。我们每天唱的"处世界，如虚空"，就是提醒自己，将心安住在虚空般的状态，容纳一切，但不被任何所缘羁绊。

十二字方针既是修行目标，也是我们追求的人生境界。带着这样的认识，才能理解禅意空间的精神，知道营造什么氛围来接引大众，并把这些理解通过有相之物来呈现。当然这并不是说，营造禅意空间就等于有了什么境界。这些只是用来借力的手段，虽然重要，但不是究竟。

禅意空间的营造

空间营造包含建筑和内装两方面，我们做的主要是后者。怎么在其中体现禅意？十二字箴言只是理念，是抽象的，还要通过具体落实来传达。

1. 重在整体和谐

社会上的很多设计，或是追求奢华，从材料到用品极尽讲究，琳琅满目；或是追求个性，以与众不同、吸引眼球为能事。而禅意空间是让人放松的，这就需要注重整体的和谐。怎么做到这一点？

一是整个空间要做减法。除了满足实际的使用功能，尽量不要有多余的东西，否则容易分散注意力，让人难以专注。

二是在材料选择上注重质地。比如经过岁月洗礼的老木头、老石板，不仅自身物理性质更稳定，不易出现变形等问题，还自带让人安静的气息。很多人喜欢老房子，就在于所有材料已褪去火气，这是新材料不具备的优势。在中国艺术中，常把有没有火气作为评判高下的标准，以此衡量作者的修养、作品的境界。所以在材质选择上要特别用心。

三是协调空间和外在环境的关系，尽量通过借景使视野向外延伸。现代人被关在钢筋水泥的笼子，视野和心量容易受到影响。如果你的所缘很窄，每天只想着自我，就会活在个人感觉中；只想着家庭，家庭就是你的世界。如果把心量放大，关心社会、国家乃至地球，你的世界也在不断扩大。对学佛者来说，要以尽虚空、遍法界、十方三世为所缘。其实心本来是无限的，只是因为我执，才形成狭隘的设定。修行就是要放下我执，建立无限的所缘。在具备这样的见地前，可以借助空间和视野作为观修助缘。

四是注重度的把握。对禅意空间来说，既不能世俗化，也不能过于简陋，否则会缺乏吸引力。因为凡夫是很着相的，所以要处理好空和有的关系，让人感觉每一处细节都恰到好处。即使空无一物处，也是整体设计和空间节奏的一部分，就像中国画的计白当黑那样，是有内涵的。

五是通过茶道、花道等生活美学，动静结合，营造整体气氛。

六是注重人自身的状态，尤其对主持活动的义工来说，这点也很关键。否则的话，即使空间本身很好，也可能被人的状态破坏。很多场所之所以不融洽，就是因为有些人太自我，在那里喋喋不休。如果再出现一个更自我的，还会因此产生矛盾。所以我们要把自己作为禅意空间的一部分，让身口意清净安定，和光同尘。

我们要做的空间是无我、无相、无限的。无我，是每个人都以他人为中心，而不是以我为中心。无相，不是说什么相都没有，而是没有对立的相，从空间到内装、灯光，包括人的形象、气质都是一体的。当一切高度和谐，人也成为和谐的一部分，心就容易空掉。无限，是从室内延伸到外在景观，把所有关系处理好。

2. 关注发心和用心

我们做禅意空间和生活美学，必须带着利益一切众生的心，每次活动前都要发愿，希望参与者由此与佛法结缘，希望更多人走上觉醒之道。从用心来说，则是保持正念，让做事成为修行。这两点非常重要。

因为禅意生活的另一个发展方向，是变成小资学佛，贪着生活中的外在美。佛法说轮回是苦，那就用禅意包装一下，让自己变得更舒服一点，感觉更好一点。其中既有世间美学，又有佛法内涵，感觉比普通的世俗生活更有品位。这种经过包装的我法二执会更隐蔽，更难对治。事实上，这种美好还是假相，是无常的。所以我们不能停留于此，更不能生起贪着，否则就容易被迷惑。

不少学艺术的人喜欢亲近佛法，尤其是学习中国传统艺术的，多少和佛法有缘，但学佛普遍不深入。为什么会这样？就是自我感觉良好，觉得自己比普通人格调高，还可以谈谈形而上的佛理，其实却对出离解脱并不感兴趣，也不愿改变生活现状，依然以自我为中心。所谓的学佛，只是想从佛法中吸收一点养分，让妄想打得更精致些，让自我感觉变得更高尚些。这是特别要注意的。

本次论坛的主题是"禅与生活美学"，我们首先要认识到为什么做这些，然后了解如何营造禅意空间和生活美学。在具体实践中，各地的基础不一样，并没有一定之规。在西园坐水边林下的感觉特别好，就有大环境等综合因素，但不是各地都有这样的条件。关键是掌握个中精神，就一定可以在现有基础上有所提升。

（2018年秋讲于西园静心堂）

禅意设计『十二字箴言』

缘起

什么是觉醒艺术？什么是禅意设计？我们知道，佛法的意义在于引导众生从迷惑走向觉醒，从某种意义上说，这一智慧本身就是觉醒的艺术。也可以说，是艺术工作者在佛法智慧启迪下创作的作品，以此承载自己对法的理解和实践。

艺术门类众多，风格万千，简单划分的话，可分为传统艺术和当代艺术。在我看来，传统艺术更重视美，重视意境；而当代艺术更追求真，追求个性。中国传统的绘画和书法特别强调"意"，有"意存笔先，画尽意在""品格之高下，不在迹在乎意"之说。这个"意"就是思想高度，包括作者的立意、作品的题材和呈现。在这些方面，佛法阐述的空性智慧，传递的出世超然，都能给创作者带来全新的视野和启发。

在当代艺术中，重在表达作者对人性、生命意义和世界真相的探究，并带着思考提出问题。法国画家高更的名作《我们从哪里来？我们是谁？我们往哪里去？》就是典型代表。这三问之所以引起那么多共鸣，是因为他直面了人类生而有之的永恒问题。只要不解决，这些问题始终存在，始终令人不安，让人如无根浮萍一般，被轮回裹挟着，不知去向何方。

虽然艺术家意识到了问题，但如果缺少大智慧，是无法认识人性，无法找到生命意义、透彻世界真相的。因为看不清，不仅找不到艺术的出路，也找不到生命的出路，最终落入虚无。事实上，这正是很多艺术家的困境所在。尤其因为艺术家特有的敏感，使他们更容易陷入其中，怀疑一切，痛苦挣扎。所以，与其说是艺术家提出了问题，不如说是表达了自己的迷惑和无奈。

如何找到方向，走出困境？离不开佛法。这一智慧不仅引导我们看清生命真相，更重要的是，提供了改造生命的方法。关于这个问题，上午《金刚经》的讲座已经说得很清楚，现在侧重从创作角度和大家聊一聊。

艺术工作者都很关注自己的作品，视之为思想、情感、艺术追求的外化，殚精竭虑，不断创新。但很多人没有意识到，生命也是一个作品，而且要用整个一生乃至生生世世去创作。这个作品是无意识的信手涂鸦，处处败笔，还是经过缜密设计、倾心打造的精品？相信每个人都希望自己是后者。怎样才能提升生命品质，成为更好的自己？同样离不开佛法智慧。这也是本次论坛探讨"觉醒艺术与禅意设计"的意义所在。只有把创作主体搞定，才能像改良土壤那样，为作物生长源源不断地提供养分。

那么，觉醒艺术与禅意设计有哪些特点？关于这个问题，我曾提出十二字方针，即无我、无相、无限、出世、寂静、超然。以下将围绕这几点，谈谈我的思考。

无我

说到无我，有人会担心：这是否定我的存在吗？我该何以自处？凡夫最大的特点是在乎自我，除了生存，基本在为自我的重要感、优越感、主宰欲活着。但要追求并维护这三种感觉，何其辛苦！从自身来说，会因三种感觉得不到满足而受挫；从人际关系来说，则会因

"谁最重要，谁更优越，谁能主宰"引发是非和纷争。我们想一想，人生的种种烦恼，从名利到地位，从家庭到事业，哪一样不是因为和这些感觉挂钩，才给我们带来压力和痛苦？

文艺复兴后，西方人文主义思潮盛行，崇尚个性解放，追求个人价值。到近现代，对自我的张扬更达到极致，"唯我至上"大行其道，但人们反而越来越茫然，越来越找不到自己。为什么我们会在崇尚自我的过程中迷失？这就需要看清，我们所追求的，到底能不能代表"我"。

佛法告诉我们，人有两种障碍：一是所知障，即认识存在的障碍，使人看不清自己，看不清世界；一是烦恼障，是由错误认识而导致的。因为看不清，就会本能地向外抓取，把种种不是我的东西当作是"我"，从而带来烦恼。我们想要认识自己，找回自己，就必须放下我执。所以无我不是否定色身的存在，而是否定对自我和世界的误解。只有去除这些不是"我"的部分，才能破迷开悟，去伪存真。

如何通达无我？禅宗修行中，是让学人参话头，参"我是谁"，参"父母未生前本来面目"。在我们通常认定的对象中：名字是不是我？身体、想法、身份……是不是我？通过分析可以认识到：这一切都是会败坏的，和我们只有暂时的关系。《楞严经》中，是通过"七处征心，八还辩见"来认识自我。相关内容不在此一一展开，但最后有一句非常关键："诸可还者，自然非汝；不汝还者，非汝而谁？"告诉我们：凡是可以被解构的，只是存在的假相，是一种假我。只有最后那个没什么可解构的、不生不灭的存在，才是真正的"本来面目"。

我们要经常问问自己：我是谁？究竟什么代表着我？问一问，想一想，就会发现，很多貌似理所当然的追求，其实很无谓；很多拼命想要抓取的东西，其实抓错了。既然很无谓，既然抓错了，自然不必为此患得患失，耗费一生光阴。

我们的很多痛苦都来自期待，希望家庭永远美满，希望事业长盛不衰，希望身体青春常在……事实上，这一切都是无常变化的，和我们只是短暂的一期一会。只有看清真相，才不会建立期待，由此带来不必要的痛苦。所以说，无我是帮助我们认识自己，找回自己。在禅意设计中，无我对我们有三种意义。

第一，无我有助于践行深层环保。西方人本主义思潮的重点，是人类中心论，认为世间万物都是为人服务的。在这样的思想基础上，人类为了获取利益，可以不惜一切代价，这是导致生态破坏的根源。而佛法认为人类和世界是一体的，即依正不二。此外，中国天人合一的思想、印度梵我一如的思想，都是把人和世界当作整体来认识，对自然心存敬畏和感恩。所幸的是，西方有识之士也已认识到这一问题，提出生态中心主义，把人作为生态环境中的重要因素，而不是一切。但如果认识不到无我，这种转变可能只是流于形式，是以一种温和、可持续的方式，让万物更长久地为"我"所用。在本质上，仍是对自然的掠夺而不是和平共处。只有放下对"我"的执着，认识到众生的平等、万物的相生，才能真正建立生态中心主义的观念。具备这种认识，有助于我们设计出更环保的建筑和产品，与自然和谐相处。

第二，无我有助于转换设计理念。因为以自我为中心，很多设计师的作品并不是从利他出发，而是要彰显自我的重要感、优越感，标榜自我的特立独行、与众不同。这样的作品或许能取得某种意义上的成功，但也使得今天的世界光怪陆离。因为每个人都希望自己的声音被听见，结果汇聚成巨大的噪声。这就必须在定位上加以调整。比如从建筑来说，本身也是一个用品，是生活、工作的场所。所以在设计时，应该从生态环境和客户需求出发，与环境友好相处，让用户身心安乐。身安是处理好空间关系，心安则是要营造文化氛围。只有放下自我的表现欲，立足于同理心和利他心，才能让作品与众多缘起和谐相生，用自己的专业能力造福社会。

第三，无我有助于各方面的沟通。很多设计师和客户沟通时感觉很痛苦，原因是什么？除了文化、审美、立场等方面差异，关键还在于我执。因为活在自我感觉中，以各自的经验、立场、利益为中心，难以理解彼此，从而造成甲乙双方的交流障碍。认识无我，是让我们走出自我的感觉，学会倾听并换位思考。只有真正理解对方的需求和想法，在尊重的基础上，带着利他心去做，同时善巧地帮助他提升品位，才能使沟通变得顺畅，同时也为自己带来创作空间。

无相

设计是有相的，不可能说我们设计了一个建筑或产品，大家看不到。既然有相，为什么又讲无相？《金刚经》的讲座中说到，佛法所说的空，并不是否定现象的存在，而是引导我们以缘起的智慧看世界。一切的存在，从设计到实物，都是作者的想法，加上各种外在条件构成的。离开这些由内而外的条件，有没有作品的存在？

每个现象都有无限的可能性。我们对很多问题的认识，是带着自己的习惯、经验和设定的，去除这些附加条件，每个有限的当下，都蕴含着无限的可能。佛教所说的空和无相，正是去除我们对世界的设定和执着，还事物以本来面目。

对存在现象的认识，会对我们产生两种影响。正确认识，可以导向真理，导向智慧；错误认识，则会导向烦恼，导向轮回。何去何从？关键在于怎么看。每个人都执着自己的所见并信以为真，却不知道自己正戴着有色眼镜，不知道所见一切其实是被自己加工的。佛教所说的空，并不是否定事物的存在，而是要空掉我们对世界的错误设定。只有认识无相，才能摆脱有限的束缚，在每个有限的当下体认空性，体认无限。

《六祖坛经》的修行纲领，是"无念为宗，无相为体，无住为本"。无念为宗，让我们体认虚空般无念的心体。我们现在的心像云彩一样变化不定，且念念无常，处处住相。但在云彩背后，还有如如不动的虚空，是超越一切相的。

无相为体则是告诉我们，心不以任何相的方式存在。禅宗会采用追问的方式认识自己：我们每天忙这忙那，忙得天昏地暗，是谁在指挥这一切？我们常常陷入情绪，时而心花怒放，时而痛不欲生，是谁在制造这一切？我们想尽办法摆脱痛苦，却力不从心，难以改变这种喜怒无常的癫狂状态。

现代人最大的困扰是心静不下来，做着这个想着那个，被手机控制，被游戏控制，被购物控制……甚至失去了休息能力。问题在于，很多人根本不知道自己为什么会这样，所有这一切似乎都是在不知不觉中发生的。

如何改变这种状态？就要学会观察自己的心。佛教中，这种训练包括止禅和观禅。止禅是培养心的专注力，通过呼吸、佛像等所缘，让心系念于此，逐步稳定。当心得以安住，就会开始明晰，使本具的自性光明产生作用，照见妄念的来去和生灭。就像水，从动荡变得宁静时，就能恢复照物功能。《心经》的"观自在菩萨行深般若波罗蜜多时，照见五蕴皆空"，正是说明这种观照的智慧。

我们要审视自己，看看心在哪里，是在身体以内，还是身体以外？心到底什么样？其中有些什么？当观照力生起，我们就能看到，心像虚空般无形无相，不在内也不在外，也就是祖师所说的"觅心了不可得"。虽然不可得，同时又了了明知，不仅能照见五蕴身心，还能照见尽虚空遍法界的一切。这个无相、无限、无所不知的心体，正是心的本来。

佛教认为，我们能看到什么样的世界，和心有关，也和认识世界的六个渠道有关。这些渠道就是眼根、耳根、鼻根、舌根、身体和思维，正是它们，决定了我们能看到什么世界，而不是世界决定了我们有什么认识。六根面对的世界，佛教称为六尘，分别是色、声、香、味、触、法。六根认识六尘的过程，会产生六种认识，即眼识、耳识、鼻识、舌识、身识和意识。

这些影像会留在内心，成为影响我们认识世界的心理力量，《楞严经》称之为"前尘影事"。学佛，就是要通过智慧审视，把这些念头和情绪一一空掉。否则就会掉进去，成为心念牢笼的囚犯，被烦恼和负面情绪所折磨。当心回归虚空般的状态，什么念头都奈何你不得了，因为虚空是无法装入牢笼，也无法被束缚的。体会到无相的心体，我们才能超然物外，自在无碍。在禅意设计中，空和无相对我们有三点启发。

第一，无相可以打破有限的设定和执着。多年来，我们接受了相关的教育和文化传承，并在从业过程中形成自身的经验和能力。这些既是吃饭本钱，也是某种局限。因为一旦贴上"我"的标签，我们就会执着自己的知识、经验、能力，觉得这些特别重要，特别优越，特别胜人一筹。如果停留于此，就会形成条条框框，逐步失去创造力。无相的智慧，不是要把经验和能力空掉，而是把我执空掉。当我们有了开阔的视野、开放的心态，创作中就不会受限于自己的习惯和设定，还能进一步打破行业乃至文化传承中的习惯、设定和局限。现在有句话叫"脑洞大开"，其实无相才是彻底打开，不拘一格，不为任何成见所缚。

第二，无相有助于打破二元对立，构建和谐关系。比如在建筑设计中，要处理好人的关系、建筑的关系、环境的关系。如果不在三者间取得平衡，而是过度张扬自我，只关注建筑本身的呈现，就可能破坏和谐。因为建筑不是孤立的，而是众多缘起中的一部分，需要从整体看待建筑、环境和使用者之间的关系。现代商业重视生态构建，做设计也是同样，要重视环境和社会的生态，处理好彼此依存的关系。这么做的前提，就是打破二元对立的思维，由无相而能天人合一，物我两忘。

第三，无相可以打破固有设定，开启生命的无限性。如果生命始终停留在有限的层面，由此产生的灵感也是有限的。当我们在念头的当下，体会到念头背后虚空般的心，创作灵感才会源源不断。因为这样的心是没有滞碍的，可以有无穷妙用。

无限

世界包括有限和无限两个层面。我们多半活在有限的层面，追求五欲六尘、名闻利养，而哲学、宗教是探讨无限的层面。

有限的层面包括时间和空间。从时间来说，体现在有始有终。比如人今生的几十年，包括一切生命的存在，都有开始有结束。短的朝生暮死，长的百千万年，相比地球的存在，实在微不足道。但即使地球、太阳系、银河系的存在，乃至再漫长的天文数字，也不过是无限中的一个过程。

生从何来，死往何去？在有限的生命之外，究竟是什么样的存在？那些巨大的未知是什么？如果生命没有无限性，只是从生到死的片段，哪怕能活亿万年，在究竟意义上，也是没有价值的。虽然当下的存在有其价值，但从结果回望的话，如果宇宙都要毁灭，现前这一点价值，能否和终将毁灭的虚无相抗衡？如果不探讨生命的无限性，不找到答案，我们是无法安然活着的。

从空间来说，人的存在同样微不足道。在浩瀚宇宙中，银河系是微不足道的；在银河系中，太阳系是微不足道的；在太阳系中，地球是微不足道的……更何况，每个人只是地球七十多亿人口之一。面对动辄几十亿乃至百千万亿光年的时空，不知大家会不会有发狂的感觉？因为宇宙实在太大了，作为蝼蚁般渺小的个体，活着的意义究竟是什么？

但佛法告诉我们，心的本质就是宇宙的本质。生命中除了有限的层面，还有无限的层面。如果没有这样的答案，我觉得人是很难自处的。所以对无限性的追问，可以开阔视野，让我们找到生命的意义所在。

怎么认识无限的心？我们生活在城市，在家面对的是柴米油盐，生活压力；出门面对的是车水马龙，水泥森林。头顶那片天空也被高楼切割，被雾霾遮蔽。在这样的环境中，心很容易被封闭。视野有多大，决定了我们的心量有多大。包括环境的视野，也包括知识的视野，古人说"读万卷书，行万里路"，你的眼界拓宽了，胸怀乃至生命也会被拓宽。更重要的，则是通过修行得来的对真理的体认，这是世间任何知识不能比拟的。

佛教中，普贤菩萨被称为"大行"，在他所发的十大愿王中，每个行为都建立于无限的所缘，每一愿的对象都是"所有尽法界虚空界，十方三世一切佛刹，极微尘数诸佛世尊"及无量众生。虚空是无限的，菩萨的大愿和广行也是无限的。佛教关于无限的另一个表达是十方三世。十方代表空间，为东、西、南、北、东南、东北、西南、西北、上方、下方；三世代表时间，为过去、现在、未来。庄子说的"四方上下为宇，古往今来为宙"，也是以空间和时间来说明宇宙。

我们每做一件事，都要以无限的空间和时间为对象，建立这样的视野，才能和佛菩萨的心行相应。事实上，心本来就像虚空一样，但因为我执，因为认知的局限，我们的世界变得狭隘，小到只有一个人、一个家庭，或是一个企业、一个地区，最多就是民族、国家、世界。即使心怀世界，在宇宙中也是微不足道的。

如何认识无限？佛法为我们提供了两种修行方式。一是以无限的时空和众生为所缘，这样的观修，有助于撤除狭隘的设定，使心回归本来状态。二是由观照力加以审视，超越有限、对待的心，直接认识无限。所以，佛教所说的无限不是纸上谈兵，而是可以通过禅修抵达的。在禅意设计中，无限对我们有两点启发。

第一，通过对无限的认识，打开心量，理解空的美。心和境是相互影响的，尤其是对凡夫来说，很容易心随境转。当我们只见眼前种种时，内心会有太多东西想要表达，表现在设计上，往往夸张、繁杂、一味堆砌。在这样的环境中，心会更加紧绷、拥挤而狭隘。而禅意作品多半采用减法，以简约干净的空间，帮助我们领略空的内涵，进而由境的空导向心的空。

第二，把有限和无限统一起来。作品本身是有限的，如果心局限于此，往往使作品成为孤立的存在。只有去除设定和边界，才能向外延伸。从建筑来说，中国古人很善于借景，把建筑作为整体环境的一部分来营造，让人在有限的空间，感受无限的世界；同时又在无限的视野中，体现创作的巧思。这种有限和无限的融合，能够以小见大、内外融通，对开拓设计思路有很大启发。

出世

出世和入世，是说到佛教时绕不开的话题。中国传统的儒家比较入世，当然也有出世的部分，以隐士文化为代表。但这是偏于无奈的出世，所谓"邦有道则仕，邦无道则隐"，是抱负无法施展时退而求其次的选择。而佛教的出世解脱之路，是透彻人生真相后的自觉选择，是对轮回之乐的主动舍弃。至于入世，则是出于慈悲而不舍众生，发愿帮助众生共同出离。在具体实践中，必须以出世心行入世事，是对出世的提升而非背离。这就注定两者的精神气质完全不同。

儒家的关注点主要局限于当前社会，而佛法修行是立足于十方三世，通过闻思修树立正见，进而以空性慧审视世间，看到五蕴身心的无常、幻有，看到名利得失、荣华富贵的虚假本质，看到"一切有为法，如梦幻泡影，如露亦如电"。具备这样的认识，一方面可以本着菩提心积极入世，化世导俗；另一方面也能看到，所做一切不过是水月空花，从而不陷入对我的执着，对事的执着。哪怕做再多事，也不会觉得"我做了多少，多了不起"，不会因此造成负担。这是把出世和入世有机结合起来，在积极入世的同时，保有出世的超然。在禅意设计中，出世对我们有两点启发。

第一，入世的设计是做加法，如果一味追求外在形式，难免造成偏差。比如以媚俗为接地气，以怪异为创造力，以奢华为高大上。这些设计非但不能给人以美的享受，还对大众审美造成误导。出世的设计则是做减法，在满足功能的前提下，以简约、朴素、低调的风格来呈现，让人少欲知足而不是刺激物欲，让人向内关注而不是向外追逐。在今天这个喧哗浮躁的物质社会，尤其需要这样一股清流。

第二，入世的设计是满足自我需要，会增长欲望和世俗心。现代社会不断鼓动欲望，在带来满足的同时，也让人疲惫不堪。所以越来越多的人开始放下物质享乐，追求返璞归真的生活，追求有品质、有禅意、有内涵的生活，让这颗向外驰骋的心得到休息。作为设计师，只有关注生命内在，才能创造出让人安顿身心的作品。这样的设计不仅不媚俗，不随俗，还要超越世俗，净化世俗，从而满足高层次的精神需求。

寂静

寂静是代表作品蕴含的境界，传达的气息。平常人对寂静的了解偏向外在，指没有喧嚣、噪声的安静环境，但佛教所说的寂静，主要指内心安宁。佛教中，常和寂静相连的两个字是"涅槃"，即涅槃寂静。

什么是涅槃？就是息灭内在躁动。我们内心总有各种妄想、情绪、烦恼在翻滚，此起彼伏，波涛汹涌。尤其是生活在网络时代的人，时刻被铺天盖地的资讯冲击着、控制着：想睡了，还在习惯性地刷着手机；想静一静，还在控制不住地胡思乱想。一旦失去休息能力，就会使身心失去休养生息的充电机会，疲惫难以恢复，躁动难以缓解。

怎样才能静心？佛教戒定慧的修行，就是一套次第清晰且经过两千多年无数实践证明的有效方法。通过持戒不造恶业，使生活简单健康，避免不良外境的干扰；通过修定制心一处，使内心趋于安定，让烦恼没有活动机会；通过观照审视内在身心和外在世界，最终开启智慧，证悟实相。当狂乱的心得以平息，我们就会感受到生命内在的寂静和欢喜。在禅意设计中，寂静对我们有两点启发。

第一，审视作品传达了什么气息。很多人观看弘一大师等高僧大德的书法时，会感到宁静的摄受力；而观看一些当代作品时，则会觉得心浮气躁。事实上，书画界早就把"有没有火气"作为评价作品的重要标准之一。所谓火气，其实就是浮躁，是作者心境的外化。在创作时用的是什么心，会通过作品传递出来。

所有艺术创作都和作者的状态有很大关系。在某种意义上，作品其实是作者的另一种存在，是作者精神气质的投射，故有"字如其人"之说。我们的所知所见，既蕴含着世界的能量，也蕴含着自己的认知模式。所以我们在观察世界时，并不是单纯的观察者，同时也是参与者。观察者尚且有这样的作用，何况创作者？艺术家本来是创造精神食粮的，如果我们带着浮躁、功利的心，作品必然心浮气躁、急功近利，那就是在制造垃圾食品。这是特别需要反思的。

第二，我们希望通过禅意作品传递寂静的力量，前提是自己要有禅心，对无我、无相、无限有所体会。我们常常讲到加持力，从某种意义上说，不仅三宝有加持力，艺术创作也能传达"加持"，是一种让人产生共鸣的精神力量。我们带给大众的，是正面"加持"，还是负面"加持"？是带来安静，还是引起躁动？这些在很大程度上取决于创作者。只有提升自身修养，才能给社会提供健康的精神产品。

超然

超然物外，坐看云起，是很多人向往的境界，但这并不是想一想就能做到的。如果我们不放下内在的执着、烦恼和压力，即使想要超然，也是力所不及的。怎样才能拥有超然的心？西方强调个性解放，主要是为了解除制度、信仰、传统的束缚；而佛法所说的解脱，是让我们解除错误观念及执着形成的束缚，解除内心的迷惑和烦恼。否则的话，即使拥有外在的一切自由，我们依然会作茧自缚。所以超然必须以智慧为前提，只有看清世间真相，放下一切执着，不以物喜，不以己悲，才会有坐看云起的心境。

从另一方面来说，很多艺术家都会遇到创作瓶颈。尤其是有了一定成就后，这种难以突破的关口，会让人尤其焦虑。越焦虑，就越是难以突破。怎样超越困境？除了技艺的提升，离不开超然的心态。所谓超然，一方面是放下思维定式，解放思想，轻装上阵；另一方面是离开舒适圈，尝试更多的可能。更重要的，是不被名利所捆绑。如果一心只想争名夺利，本身已和艺术不相应了。当然这些都是通常意义上的超然，究竟的超然，是对生死的超越，对轮回的超越。

在禅意设计中，超然既体现了作品的气质，也反映了作者的人生境界，对我们有以下两点启发。

第一，作品不是为了张扬自我，否则就不可能超然。如果作者太看重自我，一心想要张扬自我，突显自己的与众不同，本身就是一种贪嗔痴，必然会非常辛苦。事实上，这正是很多艺术家的痛点所在。只是因为有了一层艺术的包装，似乎让这种贪嗔痴有了某种隐蔽性和合理性。但不论它的表现形式是什么，其本质依然是烦恼，是带来痛苦的源头。

第二，在设计中不媚俗，不落俗，否则就不可能超然。当然，这并不是不考虑大众需求，只顾自娱自乐，而是在入世中保有出世的超然，让作品以自然、自在的方式存在，不增不减，不偏不倚。不论设计还是艺术创作，都是要为众生服务的，但这种创作必须来自生活又高于生活，随顺世间又超越世间，才能不被贪嗔痴所转，为社会创造真正有营养的精神财富。

以上，是对"无我、无相、无限、出世、寂静、超然"的解读。这十二字箴言既是禅意设计指南，也是一种生命境界。有道是"功夫在画外"，这个功夫是什么？通常是指全方位的文化修养，但我觉得，还应该包括对人生意义的思考，对世界真相的审视。如果离开这两点，文化修养就会流于表面，流于知识和技巧。

当我们发心走向觉醒，把设计作为践行十二字箴言的过程，这样的艺术创作，就不局限于一种"艺"、一种"术"，而能成为载道之器。所以我们讲到禅意设计，不仅要从专业角度和表现方式来思考，激发创作灵感，更重要的是学习佛法智慧，提升生命境界。只有打造优秀的生命作品，成为最好的自己，才是真正有价值的。

（讲于"觉醒艺术与禅意设计"论坛）

生命也是可以被设计的

生命也是可以被设计的 ◆

联想集团首席设计师、北京奥运火炬设计总指挥、德国红点概念设计大奖获得者姚映佳先生，2021年1月14日来到泰宁甘露别院参访济群法师，双方就人生和设计问题做了探讨。本文是此次交流的记录整理。

靠什么认识世界

姚映佳：有个问题是关于我自己的，我今年四十七岁，从一个普通的设计师做到公司首席设计官，到今天还没有找到自己是谁，更多时候是在看别人，是在用设计解决问题。刚刚您说的，我是谁？我要到哪里去？……到了这个年龄，我不知道用一种什么样的行为指导，能更好地真正地去面对自己，这个问题是不是太个人了？

济群法师：这是很重要的问题。因为我们现在的人嘛，都在关心社会、关心事业，往往把自己给忽略了。但人到了一定的年龄，内在还是会有一分不安，因为看到了，虽然忙来忙去觉得挺热闹，但这种热闹是不是很实在呢？它并没有我们想象的那么实在，可能就像一个玻璃瓶，一敲打就碎了。

当你在忙来忙去的时候，可能没有想太多，只是想着把事情做好。但是静下来想一想，可能就会觉得我们所追求的这些东西，它的意义到底是什么？它并没有我们想象的那么真实。如果没有那么真实，何以安身立命？到了一定年龄，开始思考这些问题，我觉得是应该的，而且是必须的。

姚映佳：我有点晚熟，都快五十岁了才想这个问题。

济群法师：一个人靠自己把这个问题想清楚是不容易的，有人会去读很多书，读各种哲学、宗教，寻找生命的终极意义，可能永远都找不到。也有人在这个过程中比较有运气，从佛法来说，这跟宿世的因缘慧根都是有关系的。你能够找到一种文化，或者一种信仰，足以解决这些问题。

这是一件很不容易的事，很多宗教对这些问题的解决很简单，佛法智慧博大精深，释迦牟尼在菩提树下明心见性，认识到生命最深沉的内在本质，每个人都能找到真正的自己，每个人都具备自我拯救的能力，心的本质就是宇宙的本质。

从现象上来说，每个生命都非常渺小、非常短暂。我们的意义就是建立在这种有限的、外在的现象上，是吧？事业再大，其实都是微不足道的。要去寻求，去认识生命所蕴含的这种无限——每个生命都有无限的层面，都有终极的价值。通过佛法的修行，它是可以帮助我们去认识的。

姚映佳：这是一个可能伴随一生的过程。

济群法师：认识的过程，包括修行的过程，就是要去造就一个更圆满、更美好的生命。比如做设计，关注的是外在产品，可能没有想过，我们的生命本身就是一个产品。我问过这样的一个问题：你的生命是一个普通产品，还是一个精心设计的艺术品？多数人的生命都是一个很普通的产品。

中国传统文化很重视做人，但现代人关注的都是外在的东西。跟自己关系最密切的是自己，没有一个健康美好的身心，外在的条件再富有，其实也不容易过得开心。所以内在的改造比任何东西都重要，生命也是可以设计的。

我们现在正在做这样一个app，通过app来帮助大家，如何去造就一个美好的自己，我们有一个菩提导航。因为生命由不同的元素组成，比如人有魔性、有佛性、有兽性、有神性，怎么去选择？怎么去发展？比如说一念成佛、一念成魔、一念天堂、一念地狱，我们发展什么样的心念，最终就会成为什么样的人。简单地说，人生蕴含着深奥的大智慧。佛法对这个问题，对心性的分析很透。

姚映佳：我自己有过一些思考，但是片面的、局部的。

善勇：他是联想的首席设计师，奥运会火炬是他设计的。

姚映佳：二十年来，我做了上千个项目，最后沉淀下来的东西，可能并不见得就是表面，包括这些设备、这些产品，其实对我一生影响很大，很多人从这里看到的是：哇，你做了一个奥运火炬的设计，你很厉害。

其实我最大的收获是，第一次从原来的商业产品，思考一个跟商业没有太大关系的对象。而且要把中国的文化和奥运精神，以及人们对这件事情的期望整合在一起。当时我们做了好多方案，但最终我觉得在这个项目中学到了很多。火炬这个概念，我们当时叫祥云，就是一个纸卷，一朵祥云，很简单的一个形态的认知。

我带着团队一起，不断思考什么代表中国文化。但是我知道奥运会有一个诉求，它要把不同的人、不同的种族，把大家都会聚在一起，这个过程可能跟云一样，云聚云散。而且对所有人来讲，大家都能看到云，它是可以被认知的。另外，您看下面极简，这就是一个简单的、红色的，上面是个特别复杂的云纹，把两个对立的元素用一个色彩贯通在一起，把极复杂和极简放在一起，我觉得也是把不可能变成可能。跟您简单汇报一下，当时做这个火炬，还有好多呢，我就不细讲了。

善勇：他那个团队还是德国红点奖，中国最佳设计团队。红点奖相当于设计界的奥斯卡。

姚映佳：当时我们领奖，全场差不多有一千五百人，都是来自全球的企业家和设计师。我走上台领奖的时候，虽然没有看后面，但我能感觉到那种气场和情绪。有人是认可的、了解的，也有人带着问号，甚至带着一种质疑，为什么是中国企业？那次是我人生的第二次大转变。做火炬设计虽然让我有了名气和影响，但给我更大的启发则是，别把自己当回事儿，我一直在思考自己要去面对的责任，而不仅仅是产品卖得好和不好。

济群法师：中西方的哲学讲到三个问题，一是人和自己的关系，一是人与人的关系，一是人与世界的关系。西方文化比较重视人与世界的关系，尤其是科技文明，一直都在认识世界，改善世界。儒家思想解决的是人与人的关系，建立了一套人伦之道。佛法解决的是人与自己的关系——人跟自己的交互，其实这是个根本问题。如果缺乏对自己的认知，我们从哪里出发去跟人建立链接？人际关系中的很多问题，归根结底是人自身的问题。

刚才讲到产品，要更好地去服务社会，其实这是一个面向。人自身要是没有一个健康的状态，外在的帮助永远都是很有限的。对自身的认识和改造，是一个根本问题，也是一个永恒的问题。就是当我们向外去认识世界的时候，我们感觉到地球变小了。而地球变小了，是因为我们的视野变大了，资讯发达了，交通发达了。

但是以人有限的能力去认识无限的宇宙，他永远都是有限的，因为有限没办法认识无限。其实这就牵扯到一个终极问题，我是谁？我们靠什么认识世界？一是理性层面，理性其实是有限的。一是纯净的直觉，就是人类内在的一种无限的力量，通过修行才能开发。

建立虚空一样的视角

姚映佳：我特别喜欢您说的这个纯净的直觉，特别好。

济群法师：放松的时候，就会有这样的创造力。但现在的人很容易焦虑，心里的事情太多，会影响到这种创造力。

姚映佳：有时候创造力就是一个常态的偶然性，我到设计室里面，经常讲的一句话就是，怎么没有音乐啊？您说的纯净的直觉，我觉得就是在一个非常安静的空间里，有一定的方法来制造偶然性。

创意灵感，我也思考过。如何让灵感成为一个常态的偶然性？有技巧，也需要一些认知方法。刚才您说的，去认知无限，这给了我一个方向。

济群法师：佛法能够给我们提供一个认识世界的高度，平常人认识世界，基本上离不开经验、积累，我们的经验，恰恰也会成为我们的局限。既要用好这些经验，又能跳出这些经验。就像佛法讲的，你要建立一种像虚空一样的视角，才不会卡在某些经验的局限里面。

姚映佳：对，您说的是虚空的视角吗？

济群法师：就是像虚空一样的视角，虚空的视角无所不在。但是我们人的经验，往往都是打着一个手电筒，以管窥豹。每一个经验都有视角，所以看问题都有一个角度，这个角度可能是我们的优点，但也会成为我们的局限。

姚映佳：说得太好了。我一直在想虚和实这个事情，感觉很有意思。我有两个孩子，一个十三岁，一个九岁，都在英国念书。大儿子在九岁还是十岁的时候，他说爸爸，我是这么来理解宇宙的，为什么会有今天这个世界？原来啊，宇宙就是一个虚的东西，一切都是很有规律的，但都不是实的……讲了之后，他就蹦蹦跳跳干别的去了。我觉得很有意思，这个视角就是虚和实。然后，我自己有一点点主观认识，我总觉得人类好像注定要被设计到地球上，然后要经历某一些过程，最后重新回到一个有序的状态。

　　济群法师：佛法对世界的解释，其实就是四个字：因缘因果。佛法的时空观非常开阔，《金刚经》说，恒河沙数世界，十方微尘数世界。比如让佛教来计算一个世界，他认为一个太阳系就是一个世界，一千个太阳系，这是一个小千世界，一千个小千世界是一个中千世界，一千个中千世界就是一个大千世界，三千大千世界是这么来的哦。

　　一个三千大千世界，涵盖了很多很多的世界。宇宙里到底有多少这样的三千大千世界？微尘数那么多。你说佛教，佛陀的视野，有多开阔。

　　从微观的角度来说，西方经典物理学认为有一个不可分割的原子，这些原子的累积就构成了世界。到了量子力学呢，讲波粒二象性，物质以波的方式存在，也可以以粒子的方式存在。其实它以什么方式存在，跟我们的认知有关系。我们在认识世界的时候，认识决定了认识对象。

　　在佛法来说，不同的流派也同样存在这样的说法。小乘佛教认为这个世界的构成有一个极微，就是最小的元素了，极微是不可分割的。大乘佛教的中观思想有一个重要理论——无自性，无自性是什么意思呢？世界的构成，没有一个不可分割的实体，一切的存在，都是一种条件关系的假相。

　　佛法另外一个宗派唯识会告诉你，你认识的世界其实没有离开你的认识，你的认识决定了你能看到一个什么世界。

　　在这个无限的世界里，成住坏空是此起彼伏的，就是缘生缘灭。那么这种缘生缘灭取决于什么呢？因缘因果。我们知道物质是被动的，我们的心是能动的。其实我们每个人的心、每个人的生命，就是推动这个世界的暗能量。现在科学家不是讲暗能量暗物质吗？我们能看到的物质只有4%。那能够推动这个宇宙运行的，其实是众生的业力，所以佛教不认为有一个主宰的力量，而是共业系统构成的。

佛教对这个现象的认知，用了一个字非常好，就是假。假，不是没有，也不是固定不变的有。任何一切现象，我们现在看到是真实的，那只是我们的感觉，事实上它是一种条件关系的假相，它不是固定不变的有。你说桌子是什么啊？桌子只是由一大堆非桌子的条件构成了它的存在。离开这些条件，桌子是什么？而这些条件本身也是有众多的元素，但是我们在认识桌子的时候，可能会赋予它很多价值判断，美啊丑啊，各种审美，我们觉得它很实在啊，其实这些东西都是人加上去的。

姚映佳：刚才您说到桌子的话，我就一直在想，好多我们认为有序的事情，一个来自客观自然规律，一个是人的行为所造成的结果。并不是说它本来应该是这样，而是因为外界条件和我们的认知决定了它是这样的。

济群法师：对呀。

姚映佳：在系统认知性上，我觉得佛教真的是非常深刻。我哥哥和我嫂子以前也去佛堂，但是很奇怪，出国后经常去教堂。我不知道他们的具体情况，但是您讲完之后，我觉得好像很难从认知佛学到认知基督啊？

济群法师：多数人对佛教的信仰，停留在一个求求拜拜的层面，对佛法深奥的智慧缺乏了解。如果单纯从表面上来说呢，因为基督教受到过现代西方文明的洗礼，他们在人间温情、福利方面很能吸引现代人。基督教的信仰其实是一种蛮健康的信仰。如果信仰的思考不是很深，这样的一种信仰也是不错了。因为它总是劝人有爱心，劝人为善，然后又能够有一个终极的归宿。这个终极不管它究竟不究竟，但是现在对你来说，你总能心安理得地去面对自己。比起很多信仰，还是挺好的。

正念的禅修

姚映佳：有没有相关法门，让我面对自己的时候，可以更快进入状态跟自己对话？

济群法师：嗯，是有方法啊，我们中国人过去讲修身养性，立心立命。但是中国哲学对心性问题，讲得并不是很清楚，就成了一个模糊笼统的说法。

姚映佳：是。

济群法师：比如你做设计，一个空间的打造要用哪些元素？怎么搭配好？同样，生命作为一个产品来说，它有魔性，有佛性，有善的心理，有不善的心理，有负面的心理，有正向的心理。简单说，如果接受佛法智慧的学习，你就能认识哪一些是负面的心理，它会给你带来困扰、带来伤害；哪一些是正向心理，它会给你的生命啊，以及给这个世界带来利益、带来快乐。

姚映佳：嗯，嗯。

济群法师：这些心理的产生也是一个缘起，跟各种条件有关系。比如我们的认知，认知跟心理的关系就很密切，有人思考问题比较负面消极，他就比较容易产生烦恼；也有人思考问题比较正向积极，他就容易去不断地培养一些良性的心理。心理的累积会成为一种性格、一种心理常态。

比如现在风靡全世界的正念禅修，一是培养专注力，先学会专注，把心带到当下，不让它到处游荡，变成一种不受控制的力量；一是培养觉察力，通过专注的训练，你的心就能够静下来，你就能够看清楚自己到底在想什么，自己到底要做什么。其实这是生命本身所具备的力量，内观的力量。

姚映佳：内观。

济群法师：哎，有了内观的力量之后，你就有能力来选择和化解情绪了。如果再进一步开发你内在的智慧，慢慢地把无明烦恼平息了之后，你的心呢，像无云晴空这样的底色，慢慢就会呈现出来，你就不再不知不觉，像在迷雾中看不清楚自己。有一套专门的训练，禅修就是做这样的一个训练。

姚映佳：嗯。

济群法师：这个训练是有方法的，我要选择什么，我要克服什么，我要训练什么，它很清晰。

姚映佳：是。

张峰：呃，师父，打断一下，比如说禅修这种问题，但真正要搞清楚的话，从哪里开始呢？

济群法师：我们建立了一套修学的课程，它就是从认知入手。因为一个人的认知没有改变，可能每天都会制造心理问题。智慧不起烦恼，慈悲没有敌人。当你带着慈悲心去看世界的时候，你就不会有敌人，当你能够用智慧去看问题的时候，很多问题就不是问题，因为你看到的是本质，那一般的人都会戴着自己的一个有色眼镜。我们每个人都是自己情绪、认知的累积，你的自我感觉构成了你的一个认知，而你的认知恰恰就是你的一个眼镜，你戴着这个眼镜看世界，其实并不是世界如实的呈现。

佛法帮助你如实看世界，而不是活在自己的感觉里。在佛法看来，感觉是一个很自我的东西，人很难跳出自我的感觉。自我会伴随着三种感觉：自我的重要感，自我的优越感，自我的主宰欲。多数人都在为这三种感觉活着，很累。

姚映佳：是的。师父，我发现在商场里面，有的人非常的强势，他会带来一个短期结果，或者叫他能主宰的结果。在这个时候，刚才您说的慈悲，是我们从弱势的角度来礼让，还是我也强势？如何在这个过程中，真正把它处理好？

济群法师：强势和弱势呢，或者是一种情绪，一种表达方式。其实一个人做得好不好，靠的是实力，不是靠强势弱势。强势弱势很容易产生一种对立，不利于社会的和谐，也不利于解决问题。互联网时代，你需要去建立一种开阔的视野和格局。这就是一个缘起啊，你要去建立一个良性的缘起，而不是靠你个人的感觉强势弱势。

当然在商场上，我们主要是做正当的努力。努力不是跟别人争，当你不断去做正当的努力，你也很可能出类拔萃。它不是靠我在跟别人比啊，还是怎么样啊，当然你需要去了解整个市场的情况，然后再突出你的优势，不是靠跟别人竞争，事实上还是靠一个实力，没有实力的竞争是没有用的。

姚映佳：是。在一定程度上，就是因缘因果。

济群法师：对，这叫因上努力、果上随缘。

姚映佳：OK。

济群法师：你不用带着一种竞争的实力，可能会更轻松，同时做自己的事情。因为当你带着竞争的时候，你就没有平常心，那你的成功靠什么来支持？如果你有实力，你不竞争，一样也会出类拔萃，你只要走正当途径。

姚映佳：如果没有这样的实力，就不要起那个缘，是不是？那个东西可能本来就不是你的。

济群法师：对。

善勇：我曾经两年没有工作，去阿兰若见师父，师父开示：做些力所能及的事儿。

姚映佳：嗯。

善勇：这个事儿对我的帮助特别大，然后我接到爱奇艺的offer，从执行制片人做起一直到今天。就是那个力所能及帮我把心态放平和了，当你心态平和，能力就会显现，自然就可以做更大的事情。

设计让世界更美好

济群法师：设计可以让城市变得更美好，让世界变得更美好。我们需要一个什么样的城市？我有被TED邀请做过一个讲座，我就问过一个问题，中国现在的城市建设，依据什么文化？

姚映佳：嗯，更多依据西方文化，而不是中国文化。

济群法师：中国人住在西方的文化环境里，能不能很好地安顿身心？为什么现代人这么焦躁，其实跟住的房子是有关系的。

张峰：真的，我深有感触。

姚映佳：场对我们的影响是不能忽视的。

济群法师：对，影响很大，建筑也是一种生活用品。上次在苏州我就讲了，建筑除了功能、布局，风格其实更主要，它要有一种精神境界。但现在很多建筑没有精神，没有境界，其实就是一个笼子，很多设计师不太重视客户思维，只是为了自我的感觉，我要创作一个作品，他没有想到这个作品是给人用的。

如果能像禅意建筑呢，其实禅意设计啊，它可以引导未来人们如何去建立一种健康的生活，静心慢生活，包括从空间、环境、生活用品到生活方式，如何去传承这种东方的禅意思想，这种天人合一，回归自然朴素，可以帮助人安顿身心。

姚映佳：师父您讲完之后啊，我又有了新的目标，所以我想，今天我也是领了任务回去的。

善勇：禅意设计这一块，师父蛮重视的。

济群法师：禅意设计可以成为未来引导人们健康生活，以及社会发展的一个方向。近几十年，大家都在追求物质生活，社会越来越物化，好像物质丰富了，就能过得幸福了。未来，人们需要去过一种富有精神内涵的物质生活，那就是禅意。要追求一种有品质的，可以安顿身心的物质生活，那就是禅意设计。慢慢地，人们应该会返璞归真。

  回归大自然的，禅意空间的打造，包括禅意生活用品。像日本的无印良品、欧洲的宜家等品牌为什么很受欢迎，其实代表着一种质朴的生活，包括现在的网红，比如李子柒搞得那么红火，其实也是代表着人们对某种生活的向往。现代快速的生活，让人越来越焦躁。设计呢，因为空间环境，它会影响到人的内心，所以我们很注意打造这么一个场、一个氛围，人走进来，自然就会慢下来。

  姚映佳：没错，师父，您刚才说的禅意设计，我现在有一个初步的想法，正好汇报一下。您刚才一说完，我脑子就在想这个事情，因为之前我也想过类似问题，但没有上升到禅意设计这样一个高度。

  比如日本很多白领也很辛苦，下班之后，只能住胶囊旅馆，虽然空间特别小，但是并不难受，我觉得这就是设计的量和一些基本生活方案。中国人口基数这么大，我原来想的是这个。但是今天听了您说之后，我想构建一个金字塔形的，针对不同人群的禅意社，我想把这个细化一下。

  济群法师：禅意设计属于低调朴素有内涵，而不是那种高大上。所以从设计到整个空间的打造，成本并不高。比如我们用的这些材料，你看一下地板，就是三四十块钱的地板砖，还有这些老石板，你看我们的整个景观。

  一个是本地的红米石墙，它构成了一个大氛围，老石板一平米也就一百多块钱，然后还有大量的碎石，给人感觉很纯净。还有，我们用了大量的青苔，是去山里找农民工挖的。再加上草坪、木平台。

  最早的时候，我们找了一个设计师做景观设计，我给他们提出要求，我说我们这个设计呢，不要像日本的寺院，那个太精致，也不要太像园林，园林的文化气息太浓，也不要像公园，公园太大众化，但是它们的优点我们都要。我跟他讲，这个设计呢，自然不粗野，人工不造作，他说他没办法做，后来是我们自己做的。

姚映佳：您这个要求啊，概括得特别好。从设计的角度来讲，这是非常难的，它不是一个技术的问题，而是一个认知的问题。

济群法师：我们这些景观做起来其实很容易，你看这个门口，这一片景观。前一段时间，我们举办一个活动——玄奘心路，我要引导他们从玄奘的地理之路走向玄奘的心灵之路。这个地方呢，其实是作为玄奘心路的一个实践基地，广场有一块石头，五吨多重的，是从敦煌运过来的。

在活动之前，我们希望把这个场景快速做出来，就是外面这个广场，我们差不多花了三天时间，所有的义工都参与，铺草坪、打碎石、种树，稀里哗啦就做出来了。我们做这个东西，其实不精致不复杂，草坪、碎石大家都能铺，只要把它规划一下，哪里放碎石，哪里放草坪，青苔到山里去找，又省钱，但是做出来又很有味道。然后再加上这些流水、柴门，做一些点缀。

草坪跟平台就是公园的元素，我们这里木平台有好多个。湖边、山边的平台很开放，亭子、草坪，你坐得特别舒服，但草坪还是偏人工一点，青苔更自然，所以我们使用了大量的青苔。

姚映佳：其实，师父已经把整个设计创意开示了，核心的价值叫安顿身心。

爱是什么

姚映佳：今天时间稍微有点挑战，最后我想问一个比较大的问题，就是爱，有很多关于爱的成语和描述。在现代社会里，对爱的定义，好像跟以前比又有了很多新的变量。如何在这个纷杂的世界里，更好地去面对这个最重要的字？我不知道这个，师父您有什么这方面的开示？

济群法师：爱呢，首先从个人到家庭再到社会，它是有不同的定义。从个人来说，它带有一种贪的成分，贪爱，它隐藏着一种占有，一种黏着，一种依赖，一种要求。很多文学作品，把它写得非常美好。因为我们人，生命中有这样一种需要，它就很容易被人歌颂，比如说牛郎织女，梁山伯祝英台，罗密欧朱丽叶。但是因为爱情本身呢，又要接受社会的考验。

从儒家来说，仁者爱人，它又包含着家庭伦理、社会责任；从宗教层面来说呢，比如基督讲博爱，但这种博爱其实也有它的有限性，因为它还是有我。佛法讲慈悲，大慈大悲就是要无我地去爱一切众生，它的境界更高了。

就是一种广大的爱和一种狭隘的爱，有我的爱，还是无我的爱。有染污的爱，还是没有染污的爱，就是有要求和没有要求，有占有和没有占有，是狭隘的还是面对一切人的，它代表着不同的境界。

作为凡夫来说，爱跟贪有关，跟恨有关，你看文学作品，武侠小说、电影，把爱和恨两个字去掉，这个作品可能就没人看了。

姚映佳：可不是嘛，小时候看武侠小说，除了看打打杀杀，就是看男男女女。

济群法师：对呀，爱里边加一点恨，恨里面加一点爱。你看佛法，佛陀的大智慧。

善勇：师父把我们的编剧手册都说了。

济群法师：佛教用了三个字描述，就是贪嗔痴。贪，其实就是贪爱；嗔，其实就是仇恨对立；痴，就是看不清楚。爱爱得死去活来，恨恨得昏天黑地。其实这个就是凡夫的世界，活在这三个字里边，看不清生命的真相，其实很辛苦的。

姚映佳：西方好像叫七宗罪，这跟佛学有渊源吗？

善勇：这是基督教的吧。

济群法师：贪嗔痴代表凡夫生命的三个特质，佛教叫三毒，就像电脑的病毒一样。每个人的生命都有这三种病毒，它会演绎出人生的种种烦恼和痛苦。比如嫉妒啊、恨啊、焦虑啊、恐惧呀，负面情绪都是由这三种烦恼演绎出来的。

姚映佳：我有的时候担心别人受冷落，会很主动去营造一个气氛，那有的时候难免也会累啊，会觉得这样那样。师父，您觉得从我本性来说，我是更应该看自己本性呢，还是要为别人负这样一个责任呢？

济群法师：首先有这样的一个用心，当然也是非常好的，会去照顾别人的感觉，有时候人的交流，也会形成一种习惯。比如两个人在那里说话很有气氛，两个人静静地待着，也是一种方式。比如人家要是习惯了你的热情，你哪一天不热情了，人家不习惯。这个度适当把握一下，这样我们也不累。

姚映佳：不要累到自己。

济群法师：有的时候，比如太热情了，对方也可能觉得累，是一种负担。

姚映佳：对，有时候距离产生美。

济群法师：把握好这个度，人家需要的时候，我们帮一下。

姚映佳：我迁就别人挺多的。

济群法师：迁就也是会比较累的。

姚映佳：为了一些结果，会迁就、妥协。

善勇：对，我们俩聊做电影，做电影也是个妥协的艺术，到最后它根本不是你想要的一个东西。

济群法师：有时候确实也是因上努力，因为这个世界，不是你想怎么样就能怎么样。在这个世界生存，你需要不断去调整自己。但调整也不一定都是坏事，它会让你变得更加兼容，让更多人接受你。

姚映佳：明白，哎，那我就释然了。

济群法师：把不利的因素变成有利的因素，关键还在自己怎么去调整。

姚映佳：明白明白，尤其今天您说了之后。

济群法师：很多时候，事情一定怎么样，其实也没有一定。觉得一定要怎么样才是对的，也是个人的一种认定。

认识自我的意义

人生在世，什么关系才是最重要的？我觉得有三类：一是人与人的关系，二是人与自然的关系，三是人与自我的关系。儒家重视人与人的关系，强调君臣、父子、兄弟、夫妇、朋友五伦，并以忠、孝、悌、忍、善作为相处准则。西方文化探讨人与宇宙的关系，关注人对自然的认识，进而加以征服。而佛法是以认识自我为核心，认为只有看清人与自我的关系，才是人与人，乃至人与自然和谐相处的前提。

如果一个人看不清自己，就难以降伏其心。这样的人，自然不容易接纳他人、善待他人。儒家讲究人伦，几千年来，对中国民众和社会有着巨大影响，渗透在生活的方方面面。但我们也看到，当这些伦理不是依托于对人性的认识，又缺乏公共道德的约束时，人际关系反而变得复杂，甚至虚伪。一方面，人们视人伦为面子，多少需要顾及；另一方面，又视人伦为负担，不愿真正投入。所以在与人相处时，更在乎的，往往是做给别人看的表面文章，于人于己都没有真实利益。在物质高度发达的今天，这种人伦的空心化，又使利益乘虚而入，成为人与人之间重要甚至唯一的链接，所谓"没有永远的朋友，只有永远的利益"。

西方文化强调二元对立、主客分离，以人类为主体，世界为客体。人对世界的认识，无非为了使之更好地为自己服务。所以这种探索往往是单向、短视且不计后果的，在资源被大量开发和利用的同时，也造成生态环境的急剧恶化。

今天，我们常常感慨"现在的人怎么了，社会怎么了"，抱怨"不是我不明白，这世界变化快"。是的，人与人有着前所未有的疏离、防备和敌意，而人对世界的破坏，也到了难以逆转的地步。为什么会这样？原因固然很多，但根源在于，不能处理好人与自我的关系——我们不了解自己，不能使自己成为具有健康心态和品质的人。当这些充满迷惑和烦恼的个体相遇时，必然会因迷惑而相互纠缠，因烦恼而彼此冲突。进一步，还会引发团体、民族、国家的对立。所以说，由认识自我造就健康人格，提升生命品质，对未来社会极其重要。只有这样，才能从根本上优化人与人的相处，修复人与自然的裂痕。

认识自我的重要性

说到"认识自我"，有人可能觉得是形而上的概念，是哲学、宗教才会关注的。事实上，这也是现实人生的重要问题，关系到学习、工作等各个方面。

1. 学习方向

在学习过程中，我们需要认识自己，发现自己的先天禀赋和爱好是什么，尤其是基础教育以外的部分。这两点尤其重要，因为禀赋是更高的起点，可以使你领先一步；而兴趣是最好的老师，可以成为持续的动力。

从佛法角度看，生命是无尽的累积。我们来到世界，只是今生的开始，但并不是一张白纸。在此之前，我们还有着无穷的过去，做过很多事，学过很多知识，拥有过很多能力，这些都会成为现在的起点。如果了解自己的禀赋在哪里，是擅长科学、管理，还是人文、艺术，再选择喜爱的专业，接受相应的教育，成长必然更快，更不容易留下人生遗憾。

当然，这种认识并不简单，更不是随心所欲的选择。尤其在心智还不成熟时，未必知道自己擅长什么，爱好的方向也会出现变化。这就需要保持开放的心态，在实践中多方尝试，反复探索。若能遇到指点迷津的伯乐，更会有事半功倍的效果。还有人担心自己输在起跑线上，其实道路不止一条，人生也不止起跑，而是生生不息的接力跑。所以最重要的，是找到属于自己的道路。

2. 工作选择

走上社会，同样需要认识自己，才能确立发展方向。很多学生毕业后，不知将来该做什么，一片迷茫。包括很多人想创业，也要面临种种选择，患得患失。

究竟做什么更适合自己？更容易成功？必须了解，什么是自己的长处，什么是自己目前拥有的条件，什么是自己的理想所在。然后才能结合社会需求，找到相应定位，否则就容易高不成低不就。事实上，这正是目前很多人的现状。包括内卷和躺平，都是对自己认识不足造成的。

如果对这些问题有清晰的认识，就能审时度势，有步骤地次第前行。因缘不具时，可以自我充电，蓄势待发；因缘具足时，立刻把握时机，所谓"机会都是留给有准备的人"。如果只是盲目地卷，必定会后继乏力，甚至使身心受损。比如过劳死和猝死的年轻化，在很大程度上，就是因为看不清自己，没有量力而行造成的。而没有目的地随意躺平，更是在蹉跎时光，浪费难得易失的宝贵人生。

3. 心理治疗

近年来，随着心理疾病的增多，越来越多的人开始重视这个问题。过去，人们以为只有明显异于常人的"疯子"才要治疗。现在发现，养心和养身同样，要学习相关知识，在疾病尚未出现时加以防范。同时还要定期体检，在疾病初起时及时干预，否则就会积重难返。这就必须关注：自己有哪些负面心理？人格存在哪些障碍？如果缺乏认识，不仅会延误治疗时机，还会使治疗出现偏差，治标而不治本。

怎么从根本上解决心理问题？我们知道，心理学起源于西方，只有两百多年的历史。而佛法自古就被称为心学，不仅对心性有着透彻的剖析，还涵盖了不同层面的需求，所以在两千五百多年的流传过程中，被无数人奉为修心指南。依此践行，既可调整心行，造就健康心态，还能明心见性，彻底断除烦恼，具有养心、治病、根除病因等多重功效。

相比之下，心理学只是解决贪嗔痴过度发展导致的疾病，而把贪嗔痴本身视为正常心理。事实上，只要不息灭贪嗔痴，就不能解决疾病隐患。所以自二十世纪以来，西方心理学界就开始吸收佛法教义，借鉴实修技巧，用于完善自身的理论建设和治疗手段。

从某个角度说，生命也是一个产品。其中有正向心行，也有负面心行。认识自己，正是通过对内心的观照，看清自己处于什么状态，需要解决哪些问题。只有去除负面杂染，增长正向因素，人格才会日益健康。究竟的健康，是成就佛菩萨那样的生命品质。

4. 哲学思考

哲学又叫爱智，即爱智慧。相对日新月异的知识来说，智慧关注的不是现象，而是本质，包括对世界本质的认识，对生命本质的认识。其中最根本的，是对自我的认识。所以古希腊哲人早在三千多年前就指出——认识你自己。

如果不认识自己会怎样呢？斯芬克斯之谜记载，有个怪兽每天在路口问人：什么东西早上四条腿，中午两条腿，晚上三条腿？如果猜不出，就会被怪兽吞吃，很多人因此送掉性命。后来，俄狄浦斯王子说出了答案，那就是"人"。因为人在婴儿时手足并用，像四条腿；长大后站立起来，是两条腿；老来又撑起拐杖，像三条腿。

这个故事的深意在于，如果一个人不了解自己，将付出最惨重的代价。可能有人觉得，这不过是个与己无关的寓言。但从另一个角度看，不知道生而为人的价值，不知道自己为什么活着，只是浑浑噩噩地虚度，和失去性命又有什么本质差别呢？

5. 迷和悟

佛法告诉我们，每个众生都有佛性，即觉醒潜质。在这一点上，佛和众生是平等的，所谓"心、佛、众生三无差别"。为什么从显现看，佛和众生有着天壤之别？究其根本，无非迷和悟。

迷，是被内心的无明遮蔽。就像我们身处黑暗时，难免胡思乱想，担惊受怕。生命也是同样，当我们因无明而迷失，就会制造颠倒妄想，无量烦恼。悟，就是拨开迷雾，亲见本性。这是修行的核心目标，立足于此，才能使我们所做的一切往道上会。反之，不管做什么都去道远矣。对于大乘学人，我们不仅要认识自己，从迷惑走向觉醒，还要自觉觉他，引导众生从迷惑走向觉醒。

以上，从不同角度说明了认识自己的重要性。从学习来说，这是成才的基础；从工作来说，这是成功的前提；从心理学的角度，这是造就健康心理的保障；从哲学的角度，这是生而为人必须具备的认知；从佛法的角度，这是破迷开悟的关键。

何为自我

说到认识自己，究竟什么代表着"我"？

1. 世人的认识

在人们的印象中，自我通常有以下几种内涵。

第一，我们会把自我等同于自私。比如"你这人特别自我"，说的其实是"你很自私""你只考虑自己"。在佛法看来，这种自我类似我执,是对自我错误解读造成的执着。

第二,我们会以自我代表相应的身心状态,代表某个生命现象。当我们说到自己时,是指向我的五蕴;说到某人时,是指向他的五蕴。

第三,我们会以自我体现自己和他人的区别,代表属于自己特有的部分。每个生命都有不同的个性,都是独一无二的存在。在西方人本主义思想中,就是通过解放个性,来实现自我价值。

第四,从心理学的角度,是把心灵当作多元、复合的系统。就像飞机能飞得起来,是由众多零件乃至燃料决定的,不是单纯靠哪个部分。自我同样如此,不是单一的实体,而是系统的作用,由众多因素构成它的存在。

以上,主要立足于现象层面来定义自我。

2. 其他宗教的认识

我们知道,现象是变化不定的,身体会消亡,意识会消解。所以宗教追究的,是本质性的自我,可以成为生命的终极依赖。

基督教认为,肉体在尘世几十年就会结束,而灵魂是永恒的,会继续上升天堂享乐,或堕落地狱受难。所以灵魂才是生命更本质的存在。

印度婆罗门教认为,宇宙有一个大我,即梵我;个体生命有一个小我,即阿特曼。通过修行,可以使小我和宇宙大我融为一体,达到梵我一如的境界。相对现象的自我来说,大我才具有永恒的意义。

以上,代表了一般宗教的看法,即肉体以外还有更高的本质。

3. 佛法的认识

佛法对自我的认识,既关注现象,也关注本质。现象的自我,佛法的定义叫作"假我"。那本质又是什么?我们知道,佛法和其他宗教的最大区别是"无我",所以对本质的认识,其实讲的是心,认为每个人都有空明不二的心,这才是生命究竟的存在。

认识心的本质，前提是看清现象的假我。人之所以有那么多烦恼，根源就是被假我迷惑。这个假我是没有根基的，因为空洞，就会四处寻找支撑。问题是，我们能找到的所有支撑都是无常的，非但不能让假我变得恒常，还会在各种变故中，转而对假我形成冲击，带来烦恼和痛苦。这样的烦恼和痛苦，又会进一步加深迷惑。

所以，对现象和本质的认识不可偏废。关注现象的自我，是为了去除迷惑，不被假我欺骗，从而认识本心，开启内在的觉醒潜质。

迷失自我带来的问题

如果不认识自己，究竟会给人生带来哪些不良后果？

1. 无法踏实

安全感，是现代人特别关注的。比如近年来持久不衰的考公热，就反映了人们对安全感的执着追求。我们来到这个世界，把身体、事业、财富、家庭当作"我"的依托。但在瞬息万变的今天，我们比以往更清楚地看到，这一切随时都在变化，没什么可以靠得住。生命的方向在哪里？意义在哪里？如果把价值寄托于外在事物，必然会觉得不踏实，觉得自己是没有根的。

从另一方面看，随着科技的飞速发展，人类使用的工具越来越先进，拥有的武器越来越具有杀伤力。与此同时，道德素质并没有相应提升，人性并没有变得健康，反而出现更多问题。这就对世界构成了双重危险，想想现存的核弹，想想世人的对立，确实会感到当下的处境岌岌可危。在这样的背景下，佛法智慧显得尤为重要。只有认识自己，我们才会知道，什么是安身立命的所在，什么是于己、于人、于世界真正有益的，才不必担心被共业的洪流带向毁灭。

2. 错误认定

不认识自己，意味着我们会对自己产生错误认定，这是一切烦恼的根源。执着身体为我，就会害怕我随着身体败坏而消失；执着身份为我，就要为维护种种身份费尽心机；执着情绪为我，就会被"我高兴，我不高兴"的感觉左右，颠倒妄想。不论执着什么，必然被什么所控制，成为失去自由的傀儡。

生活中每天会发生很多事，这些事能对我们产生什么影响，关键在于认识。从我执出发，每件事都会和我产生深度捆绑，带来无尽的烦恼和伤害。以智慧观照，看到一切都是缘生缘灭的，才能得之泰然，失之坦然。

3. 迷己逐物

不认识自己，生命就会产生原始的匮乏感，不断建立需求。伴随这些需求，又会向外追逐。然后在追逐过程中产生依赖，在依赖过程中，需求又随之增长，使我们进一步强化依赖。这种依赖不仅体现在物质，也包括精神。所以今天的人几乎没能力闲下来，安安静静地和自己相处，而是让各种电子娱乐和社交媒体占据生活、工作以外的每一分钟，让自己在旋涡中越卷越深，迷失方向。

这种迷己逐物，正是生死轮回的根本。轮回，不一定是从今生到来世，也代表心理现象的重复。有人在权力角逐中轮回，有人在事业拼搏中轮回，有人在财富积聚中轮回，有人在艺术追求中轮回……可以说，轮回就是周而复始的希求和追逐。如果看不清自己，我们时刻会在各个领域轮回，在自己制造的心理模式中轮回。然后，把这些重复从今生延续到未来。认识自己，找到生命真正的立足点，是超越轮回的关键。

4. 三种感觉

生存之外，人们基本都在追求三种感觉，即自我的重要感、优越感和主宰欲。

所谓重要感，在中国传统文化中，就是要光宗耀祖，成为人上人。西方哲学强调个性解放，张扬个体的独特性，同样是在追求重要感。所谓优越感，主要是通过比较获得的。在过去，人们可参照的范围很小，还容易获得这种感觉。但在今天，我们随时可以在媒体看到全世界的精英，以及他们的生活、享乐，要在这样的参照体系中保持重要感和优越感，无疑是自找苦吃。至于主宰欲，那就更辛苦了。想想看，我们很多时候连自己都控制不了，怎么能控制其他人？多少亲子和夫妻关系，不都是因为主宰欲恶化的吗？世间最亲近的关系尚且如此，何况其他？

那么，这三种感觉究竟是谁的需要？其价值是什么？如果用智慧的眼光审视，它们是经不起分析的。但我们把自己丢了，所以要借助这些感觉，来维持外强中干的自我。

人生的价值来自哪里？一方面，是提升生命品质；另一方面，是利益更多众生。如果单纯追求重要感、优越感、主宰欲，即使再努力，能得到什么呢？重要感，会让人平添压力，不堪重负；优越感，会导致攀比和竞争，甚至是恶性竞争；主宰欲，则会破坏人际关系的和谐。

佛法对自我的认识

佛法中，"我"只是假名安立的概念。那么，佛法对自我是怎么表述，又是怎么看待的呢？

1. 我执和无我

我执，是对自己的错误认定，认为生命中有独存、不变的"我"。事实上，生命和世间一切现象同样，是由众多条件决定的。

离开色受想行识五蕴，"我"是什么？"我"在哪里？但凡夫因为无明，就会把四大假合的色身，以及各种心念活动，执以为"我"，对此产生坚固的执着，由此造业、轮回，带来无尽痛苦。

佛法中，与"我"相关的另一个概念，是无我。说到无我，很多人会感到费解，"我"明明在这里，会说会笑会动，怎么就无了呢？其实佛法所要无的，并不是缘起生命的显现，而是对自我的错误认知。只有撤除误解，我们才能透过现象，找到内在的生命本质，那就是觉醒的心。

2. 缘起的假我

缘起，即生命现象由众多条件和合而成，主要有物质和精神两类。所谓物质，如西医所说的骨骼、肌肉、内脏等，中医所说的经络、穴位等。所谓精神，如唯识讲到的八识。其中前六识为眼识、耳识、鼻识、舌识、身识、意识，是我们能感受到的部分。此外，还有我们感受不到的潜意识，即第七末那识和第八阿赖耶识，后者储存着生命延续过程中的全部经验。我们的所思所言所行，都会在阿赖耶识留下种子，形成力量。一旦条件成熟，又会生起现行，并由现行形成新的种子。这些都是遵循因缘因果的规律在发生，由如是因感如是果，并没有作为主宰的"我"。

可能有人会说：既然是假我，何必要管它？何必要修行？要知道，"假"并不是没有，所以我们饿了要吃饭，病了会难过。如果不能正确对待，这个假我会实实在在地干扰身心，给生命带来无尽痛苦。唯识宗讲到三性，就是以依他起为中心，将认识缘起作为修行的分界点。正确认识缘起，就能通达空性，成就解脱；错误看待缘起，则会导向烦恼，轮回生死。所以"我"虽然是假的，但也是借假修真的重要工具。

每个人都希望成就更好的自己。什么是更好的自己？世人往往只看到外在形象、功名利禄，也有人会内外兼修，重视兴趣爱好、文化修养。但这些只是表层的精神活动，更深层的，是我们的心态和生命品质。这两点才决定我们是什么样的存在，是无明、烦恼、颠倒的存在，还是智慧、慈悲、善良的存在？是自己痛苦，也给别人制造痛苦，还是自己欢喜，也给别人带去欢喜？

我们是什么样的存在，取决于假我的成分。如果由不良心行组成，就会持续不断地制造痛苦。比如那些贪心很重的人，没钱痛苦，有了钱依然痛苦，因为他还想得到更多，永不满足。不解决贪心的话，这种苦是没完没了的。就像体内感染病毒之后，随时都在制造问题，引发疾病。所以说，对假我的认识和改善非常重要。

3. 觉醒的心

除了看清假我，更重要的，是认识觉醒的心。怎么认识？法门虽然很多，但主要可归纳为渐修和顿悟两类。这是基于学人不同根机施设的。有些人尘垢很厚，必须"时时勤拂拭"，以戒定慧扫尘除垢，次第深入。有些人根机很利，尤其在禅宗盛行的时代，有明眼师长引导，才能在特殊机缘下令学人打破能所，直接体会本心。之所以这么直接，因为觉性是众生本来具足的。虽然目前被无明遮蔽，但只要开启它，一切现成，无欠无余。

所以《六祖坛经》开篇就指出："菩提自性，本来清净，但用此心，直了成佛。"告诉我们，生命内在都有觉醒的心，这个心在凡不减，在圣不增，能生万法，能容万法，像虚空一样空旷、无限，又具有了了明知的作用。修行所做的，就是体悟这个与诸佛无二无别的心。这个心，禅宗又叫作本来面目，那才真正代表着你自己。

可见，佛法对自我的认识是多层次的，既关注现象的自我，更引导我们由修行体证觉性。这也正是佛法和其他宗教、哲学最大的不同。

自我的价值

一个人来到世界,怎样实现自我价值?

1. 解放和解脱的价值差异

西方人本主义思潮主张个性解放,由此激发创造力,实现人生价值。这是对中世纪神权统治的反抗,由此带来科学、艺术、哲学的全面发展,以及物质文明的极大繁荣。但这种解放也使人的欲望被过度激发,导致一系列的社会和生态问题。

佛法修行的核心目标是解脱,和解放同样有摆脱束缚的内涵。不同在于,解脱是立足于对心性的透彻了解。因为我们当下的生命状态还是凡夫,虽有佛性,却隐没不见,占据主导的,往往还是魔性,是贪嗔痴,是负面心行。如果不加辨别地盲目解放,很容易失去控制,泥沙俱下。

所以解脱是有特定对象的。说到解脱,我们往往理解为从此岸到彼岸,从此世到他世,似乎是与普通人无关的宗教修持。其实,解脱的重点是解除内心的迷惑和贪嗔痴。从这点来说,每个人都需要解脱。当我们对治了一种烦恼,就能从这种烦恼中解脱;当我们平息了一种痛苦,就能从这种痛苦中解脱。进一步,还要张扬慈悲、智慧等良性潜质。只有这样,才能实现人生的终极价值。

2. 实现人生价值的原则

佛法所说的价值包含现实和究竟两类,不管哪一种,都要遵循以下几个准则。

第一是因果的准则,即价值观要经得起因果的审视。儒家重视立功、立言,往往是从某时某地的标准而言,并没有考虑这种功绩和言教对人类的长远意义。西方倡导个性解放,也不太关注个性张扬后,究竟给自身和社会带来什么。但佛法认为,自我价值必须经得起因果的审视。不仅对现在有利,还要对未来有利;不仅对自己有利,还要对众生有利,而不只是考虑眼前的个人利益。

第二是道德的准则。很多人觉得,道德只是社会的诉求,并不是个体的需要。所以当大众不遵循道德时,自己那么做就会吃亏。但佛法认为,我们所有的言行,乃至起心动念,都是造就生命的材料。就像盖楼离不开砖、木、水泥等建材,身口意三业正是人格的基本材料。良性心行会造就健康人格,不良心行会形成不良人格。我们想要实现自我价值,就必须遵循道德。否则就会像劣质建材那样,搭起一座注定坍塌的危楼。

第三是智慧的准则。理性是双刃剑,既会给社会带来发展,给民众带来福祉,也会带来破坏和痛苦。而智慧是对生命和世界真相的认识,有了智慧,我们才知道什么对生命发展真正有益,才能从根本上改造自己。否则,连自我是什么都看不清,怎么实现自我价值?即便实现了一部分,也是不完整的,甚至会有种种副作用。

第四是慈悲的准则。慈悲是人格的重要组成,也是世间的温暖所在。我们要让自我提升,让社会和谐,让众生受益,慈悲是不可或缺的。我曾在《企业家的慈善精神》中讲到,很多人把慈善等同于捐钱,其实更重要的,是我们在接受相应文化后,建立慈悲大爱之心。本着这样的爱心行善,不仅能使对方得到帮助,还能使自己的心态得到调整,生命品质得到提升,以此实现自我价值。

结说

世人都活在自我中,处处为自我考虑,被自我左右,但最不了解的,恰恰也是这个我。因为不了解,为我所做的一切,往往会产生偏差。就像火中取栗一样,明明想要得益,结果却吃了苦,受了伤。可以说,这是一切问题的根源所在。所以,认识自我是人生的重大课题。以上,从普通人、心理学、哲学、一般宗教及佛教五个角度,对自我展开探讨。希望通过这些解读,尤其是佛法对自我的剖析,使大家看到认识自我的重要性,开启美好人生,造就和乐世界。

(2016年秋讲于厦门大学科艺中心)

家庭教育的思考

当今社会有两大问题：一是老人的精神生活、临终关怀，一是孩子的家庭教育、健康成长。一老一小不仅关系到每个家庭，还将影响整个社会。尤其是孩子的身心素质，直接决定了他们能否独立自主，承担个体、家庭乃至社会的责任。可以说，有什么样的孩子，世界就有什么样的未来。

在孩子的成长过程中，除了学校教育，家庭影响是不可或缺的。父母是孩子最初的老师，也是一以贯之、陪伴最久的老师，他们的为人处世，营造的家庭氛围，时刻起到言传身教的作用。儒家重视修身、齐家、治国、平天下，其中又以修身为本。为人父母，必须具备健全的人格，才能安老扶幼，给家人从物质到精神的全面支持。

怎么造就人格？2018年，"世界哲学大会"在北京召开，来自全世界的几千名哲学家和学者参加，主题是"学以成人"。因为一个人出生后，只能称为"自然人"，要成为真正意义上的、能履行社会角色和相应责任的人，还需要进一步接受教育。

中国传统文化就是关于如何做人的教育。在这一教育中，家庭是重要环节。中国古代特别重视家的作用，以此为维系社会稳定的基本单位。进一步，扩大为宗族、国家。以前的家庭比较大，三代甚至四代同堂，人们既重视儒家伦理，同时有一定的佛法信仰，对因果报应、与人为善、慈悲为怀等思想耳熟能详。在这样的环境中成长，无形中就会得到滋养。可以说，家庭就是儒释道文化的载体。

家庭教育的困扰

五四运动以来，国人开始崇尚西学，传统文化受到忽略甚至批判。而在其后特殊年代，传统文化又被作为四旧扫除，几近空白。改革开放后，经济浪潮汹涌而来，学校以传授知识、技能为重，基本不涉及如何做人。受其影响，家庭教育也变得急功近利，目标是"不让孩子输在起跑线上"。这个起跑线是什么？是分数、考级、竞赛、才艺，就是没有做人。而在整个成长过程中，父母在意的无非是学业、就业、事业，无非怎么出人头地，依然没有补上做人这一课。

当这些孩子长大后，同样要成家立业，结果会怎样呢？不少人还不知道家庭责任是什么，就成家了。这样的家庭会稳定吗？尤其是现代人，从小习惯于众星捧月式的服务，眼中只有自己，往往一言不合就分开了。还有些人觉得孩子是维系婚姻的纽带，急于为人父母，却没想过，当自己心智尚未成熟时，怎么承担养育之责？又会给孩子什么样的影响？古人说"养不教，父之过"，这个教，除了教孩子读书谋生，关键是教他们怎么做人。

过去，家庭是有相处规则的。我们知道儒家特别重视伦理，其实佛教也不例外。《善生经》就讲到，每个家庭成员都有各自的承担，比如怎么做父母、怎么做儿女、怎么做丈夫、怎么做妻子，各安本位，上慈下孝，才能和睦共处。这既要靠言教，即文化学习，又要靠生活中的传帮带，在耳濡目染中，让孩子知道做人有哪些责任，怎样具体落实。遗憾的是，今天的人在这两方面都很欠缺，导致了种种问题。

孩子是未来的希望，对他们的正向引导，既是父母应该关心的，也是社会需要关注的。基于家庭教育存在的困扰，一些有识之士开始从传统文化中吸收营养，多方探索，比如《弟子规》的传播等。这些做法也带来了不同的声音：一方面，这些行为规范是否适合当代？另一方面，如果纯粹是行为要求，缺少相关认知，就无法转化为内在自觉，是否与教育的初衷相违？

在文化传承的问题上，佛法早就提出契理契机的原则：既要忠实于本身的思想传承，不偏离，不变味，又要契合时代和地域的需要，做出适合当下的诠释，适合此时、此地、此人的表达，才能使传统焕发生机。这个原则同样适用于其他文化的传承。

今天是资讯空前发达的时代，为我们提供了开阔的视野，同时也使家庭教育的问题比古代复杂百倍。以前的外部环境相对单纯，一个人面对的不良诱因没那么多，需要引导和解决的问题也没那么多。而在今天，处处诱惑，无孔不入，很不利于孩子的心智健康。即使有人像孟母三迁那样选择环境，但躲得开电视和网络吗？

所以家庭教育的课题很多，需要把思路理出来。当然，我们无法关注所有问题，必须抓住重点，看看什么是最根本的。要具有开放的视野，在立足佛法智慧的基础上，借鉴儒家思想和西方心理学的长处，同时吸收当代的各种先进经验，才能使我们所做的专项行之有效，被社会广泛接受。

立足于心性论和缘起论

借鉴不是杂烩，前提是定位清晰。如果不了解人是什么，我们往往看不清，做事的真正意义在哪里，怎么做才有益于自身成长。关于这些问题，佛法立足于生命的高度，为我们提供了两种智慧。

首先是心性的智慧。从某种意义上说，人也是一个产品。我们要造就高尚的生命品质，成为身心健康、具备美德的人，就要了解人的原材料是什么。如果不了解，怎么造就？心性论就是让我们认识人的组成。从人性来说,人有佛性,也有魔性;从人心来说,有普通心理,还有善心所和烦恼心所。所以生命有无限的可能,一方面,人人皆可以为尧舜,可以成圣成贤,成佛作祖;另一方面,又与禽兽相差无几,甚至会成为恶魔般的存在。了解这些材料的属性,知道它们的作用和危害,我们才能对心行加以选择,看清发展什么,摒弃什么。

其次是缘起的智慧。有的哲学认为一切是偶然的,其他宗教认为一切是神的决定,而佛法认为一切都遵循因缘因果的规律。无限的过去以现在为归宿,无尽的未来以现在为开端。我们想要什么样的未来,就要从现在做起。有什么样的想法、行为、语言,就会有什么样的心行积累,造就什么样的生命品质。

了解心性论,我们才知道选择什么;了解缘起论,我们才知道必须在因上努力,如何造就美好的生命品质,而不是一厢情愿地希求什么。这两个理论是家庭教育和生命教育的重要支点,立足于此,我们做的一切才能知其然且知其所以然,才是自觉、主动的选择。

比如一个人为什么要善良?如果没有因果观,我们可能觉得善良会吃亏,所谓"人善被人欺"。但认识到因果后,我们就知道善良不仅是外在的道德要求,也不仅是为了别人,首先是让自己受益的。因为善良代表正向、健康的心理,这是建造生命大厦的优质材料。我们的行为、品行,正是决定未来拥有什么样的生命品质。

借鉴儒家和心理学

当我们有了这种高度,再把儒家的"仁义礼智信,温良恭俭让"放在因缘因果的框架下去认识,就能看到,这些行为不再是单纯的伦理要求,而是自我的生命诉求——因为我希望未来更美好,所以现在要选择善心所，选择慈悲、智慧，选择使生命增上的品质。反之，如果我们选择烦恼、贪婪、仇恨，不断张扬负面心理，将会造就痛苦、无明的生命。

如果没有三世因果，我们往往看不到道德的真正价值。比如有人觉得，我做了好人，即使大家都认可，也不过是几十年。何况大家还未必认可，自己却要付出很多，似乎得不偿失。具备因果观，我们就知道，这么做是在成就自身品质，自己首先是受益者，而且是尽未来际地受益。我曾和岳麓书院国学院朱汉民院长有过"如何立心立命"的对话，对相关问题有深入探讨，你们可以看看。如果能从心性论、缘起论来认识儒家道德，就更容易和自己挂钩，也更容易接受。

此外，还要借鉴现代心理学。和佛教相比，心理学是近两百年才出现的新兴学科，但在操作方法和实际应用方面确有长处，值得参考。二十世纪以来，一些心理学家开始吸收佛法的教义和禅修，用于心理学的学科建设和临床治疗，这种交流很有意义。我也曾和心理学界有过多次对话，就是希望加深沟通，使佛法通过不同渠道在当代社会发挥作用。

在目前的家庭教育中，孩子和父母的心理问题都很突出。有的孩子从小学就开始抑郁，造成了不少悲剧，令人痛心。从父母来说，由教育内卷、鸡娃大战产生的焦虑日益严重。如果不及时解决，双方就会互相施压，陷入恶性循环。这是必须高度重视的。我们正在做一个心理学专项，将来也会支持家庭教育，把孩子和父母作为关注重点。

总之，我们可以充分吸收儒家、心理学的长处，但要以佛法智慧为统摄，以安身立命为根本。只有这样，我们才能使做人的道理更有说服力，也使心理问题得到究竟的解决。

问答

问：青春期的孩子会叛逆，顶撞父母，甚至抑郁，如何从佛法的角度看待这些问题？

答：在孩子的成长过程中，叛逆是正常的。他从没什么想法到有自己的想法，其实是成长的表现。国外比较重视人的独立性。在孩子的成长过程中，虽然生活上依附于你，但他本身是独立的个体。父母首先要理解他、尊重他，在必要情况下给予引导，而不是要求他一味顺从。如果父母习惯于孩子必须乖乖听话，甚至把孩子当作自己的附庸，不听话就不舒服、不接纳，这种认知本身就有问题。如果孩子没有自己的思考，心智是无法成熟的。

顶撞父母的问题，可能是一时情绪失控，注意疏导、加强观察即可。也可能是缺乏伦理素养，不懂得如何尊重长辈、与人交流。应该以此为契机，对孩子加以引导，这是成长过程中的重要一课。现在主要是小家庭，亲友、邻里间也少有交集，加上课业繁重，所以孩子在成长过程中的人际交流比以往少了很多。如果不从小调整，等孩子进入社会后，就不容易摆正定位，也不知道怎么和人相处。所以现在有社交障碍的人越来越多，是需要引起关注的。

至于抑郁，轻则是情绪问题，重则是身心疾病，要根据实际情况来对待。抑郁情绪通常和看问题的方式有关，比如有的孩子争强好胜，一旦遭到挫折，就容易承受不起，否定自己，需要引导他们正确看待成长中的成败得失。在这一点上，不少父母本身就有问题，对孩子一味要求，成绩只能好不能差，做事只能成功不能失败，却不考虑孩子的实际能力。如果已经属于疾病，除了劝慰开导，还要进一步接受正规治疗。

在家庭教育专项中，我们要把父母和孩子面临的主要问题梳理出来，从佛法和心理学等角度，提供思考和解决之道。

问：现在不少人不愿结婚生子，而且离婚率特别高。针对这个问题，我们应该做些什么？

答：这和大环境有关。过去儒家认为"不孝有三，无后为大"，把成家立业、结婚生子当作天大的事，必须这么做，没有选择余地。但现代人的家庭观念没那么强，舆论压力没那么大，选择就会多样化。关于离婚率的提高，主要是缺乏共处的心理准备和生活能力。成家后朝夕相处，个人空间减少，且琐事骤增，都是带来矛盾的诱因。过去的家庭有主内主外的分工，现在大家都有职业，谁也不靠谁，很容易以自我为中心，不愿适应对方。当然还有伦理道德的问题，对身心缺乏约束，容易受到诱惑，破坏感情和婚姻的基础。这需要通过相应的教育，走出自我中心，从自己永远是对的，到学会检讨自己，随喜他人；从想怎样就怎样，到学会约束自己，包容对方。

关于这个问题，我们既不鼓励，也不反对。从佛教角度说，结婚有结婚的好处，不结婚也有不结婚的好处。关键是自己想清楚，怎样才能过得开心，过得有意义。当然，已经成家的就要认真承担责任，让家庭成为道场，让家人因为你的成长受益。

问：作为家庭教育工作者，自身要有什么素养，才能更好地服务大众？

答：首先，面对不同家庭，问题形形色色，随着修学的提升，才更有智慧和能力来解决问题，也不会因此带来烦恼和焦虑。否则，家庭教育是很琐碎的，且各有各的理，不容易处理好。

其次，有利他心。在服务大众过程中，培养感恩、随喜、理解、同情、接纳、陪伴、关爱、引导等与慈悲心相关的素养，使之真正成为我们的心态和人格。具备这些素质，对方才愿意接近你、信任你。

最后，熟悉家庭教育的业务范围。我们将把这个专项形成课程，参与者要熟悉课程内容和模式，具备相应的能力和素养，知道做什么、怎么做。希望有一批人致力于传承这套体系,让它像雨后春笋一样成长,让更多人由此受益。

(2021年夏讲于家庭教育)

佛法在家庭教育中的运用

我从事教育工作三十多年,但以往对家庭教育涉及不多。近年来,看到不少信众为孩子的教育费心耗神,彼此都很辛苦。问题到底出在哪里?首先和大环境有关。今天这个时代,资讯泛滥,诱惑重重,人心浮躁混乱,所以在孩子的成长过程中,充满了各种不可控的因素。对家长来说,也面临着以往从未有过的复杂局面。

教育孩子,不仅是家庭的大事,还是全社会的大事。因为孩子是世界的未来,他们能否成为身心健康的人,决定了世界能否和谐、安定。但现行教育偏重知识、技能,对孩子应该成为什么样的人,目标并不清晰。可以说,这是一切问题的根本所在。

从佛法的角度,怎么认识一个人的成长?怎么做好孩子的教育?我觉得,有以下几个方面。

从因缘因果正确看待亲情

身为父母,要认清家庭关系的因缘因果,建立正确的亲情观。

所谓亲情观,即界定你和孩子是什么关系,找到相处的定位。不少父母把孩子当作自己的一部分,一方面,全身心地投入孩子身上,甚至放弃自己的工作和爱好;另一方面,也把各种希望寄托在孩子身上,让他们根据自己的想法活着。这就使孩子变得很被动,甚至很痛苦。若干年后,这种被动和痛苦往往又会回到父母身上。

中国有句话叫"养儿防老",养和防,多少带有投入和回报的意味。就像在社会上做任何事,有投入,就期待回报。当父母把所有精力和时间花在孩子身上,自己的生命将不再独立,还会对孩子形成强大的依赖,盼着他们能出息、孝顺,回报自己这份付出。

在过去的大家庭中,三代、四代同堂,因为有孝道的教育传统、社会的公序良俗、长辈的言传身教,孩子多半会视孝顺为本分,为应尽的义务。但现在已经没有这样的教育和环境,当孩子工作、独立之后,未必能如父母希望的那样承欢膝下。所以就有了相当数量的空巢老人,如果他们没有自己的精神追求和生活目标,把一切感情寄托于孩子身上,眼巴巴地指望孩子的反哺,很容易因此失落、难过,甚至遭受打击。

问题仅仅在孩子吗?曾经有报道说,一对夫妇精心培养孩子,送到国外留学。孩子开始还问父母要钱,后来长达二十多年不和父母联系,哪怕回到家乡也避而不见。她在接受采访时说,以前父母对她管得太多,太不自由,看到父母怕得不得了,好不容易跑出去,再也不想见了。

虽然这个例子有点极端,但在中国,类似的现象不在少数。如果父母把孩子当作自己的一部分,一方面,孩子会活得有压力,好像不是为自己,而是为父母活着;另一方面,父母也会制造无谓的烦恼,一旦孩子不能遵循自己的想法,符合自己的期待,就会焦虑、失落、痛苦。事实上,这些烦恼都是自己制造的。

所以,建立正确的亲情观特别重要。有些父母认为,儿女是自己生的,就是属于自己的,怎么要求都可以。其实,每个生命都是独立的个体,虽然血脉连接,但并不意味着,谁是谁的一部分。有个对联叫"夫妻是前缘,善缘恶缘无缘不合;儿女是宿债,讨债还债有债方来",不论成为夫妻,还是父母儿女,一定有深厚的业缘,但未必都是善缘,也可能是恶缘。

生活中可以看到，有的孩子不必父母费心，就能自觉学习，成绩优秀，长大后还百般孝顺；也有的孩子从小就让父母操碎了心，最后却问题重重，甚至杀父弑母。

总之，我们要从缘起看待亲情，而不是从我执出发，以亲情捆绑彼此。基于这个定位，心怀感恩，珍惜今生相聚的缘分，尊重孩子作为生命个体的自主性，并在当下继续创造善缘。这样的话，往昔的善缘可以增上，恶缘可以改变。陪伴孩子成长的同时，父母也能从中受益。

在这个问题上，西方教育比较重视孩子的独立。一旦成年之后，孩子是孩子，父母是父母，可以陪伴、关爱，但不占有、索取。这点值得借鉴。如果我们在教育孩子的过程中，建立独立、平等、尊重的关系，而不是过分地干涉和依赖，那么，随着孩子的独立，自己依然可以保有独立的人格，就不会因孩子离开而空虚失落，百无聊赖。

反之，如果把孩子当作自己的一部分，让孩子产生依赖的同时，也会对孩子产生依赖。这种强关联不仅使彼此被动，也不利于孩子的健康成长。比如全家围着孩子转，有求必应，百依百顺，就会使孩子形成自我中心的串习。以后带着这样的惯性走上社会，不懂得尊重别人，就很容易受挫。

这种过分关注又会导致骄纵。比如上学接送、陪做作业、各种事务大包大揽，结果造成不少精神的巨婴、生活的低能儿。这种现象非常普遍，引起很多教育、心理、社会工作者的关注和反思。

所以说，真正的爱是要有智慧的。这就必须以正确的亲情观为前提，而不是凭着自己的感觉一味宠溺，或强加于孩子。

亲子教育中孰轻孰重

在孩子的教育过程中,什么是重要的,什么是次要的?或者说,你希望孩子长大后,具备什么样的能力和素质?我想到了几点。

一是心态,乐观、积极、充满阳光,而不是悲观、消极、冷漠无感。二是品行,善良、大度、有爱心,而不是自私、贪婪、嗔心重,甚至道德败坏。三是健康,注重锻炼,饮食有度,而不是小小年纪就虚弱无力,或营养过剩。四是能力,爱好众多,具有艺术素养,而不是除了功课外一无所知。五是成绩,主要指学业的分数。

如果对这五项排序,你会把什么排第一位,什么排第二位?可能多数父母关心的是成绩,关心考了90分还是100分,在班级、学校排名多少。也有父母希望孩子实现自己的愿望,自己没机会做到的,想要孩子做到,强迫孩子学钢琴、学画画,结果把兴趣变成压力,引起孩子的逆反。还有父母把孩子当作面子的一部分,只关心孩子有没有给自己长脸。

这些外在因素又会带来比较,使不少父母习惯用"别人家的孩子"为坐标:你看谁谁谁考得多好,能力多强。殊不知,这种对比很容易让孩子产生压力,带来焦虑、自卑等心理问题。如果不能及时发现并疏导,而是继续施压,孩子往往会在不良情绪中越陷越深。近年来,常常可以听到孩子因为焦虑而厌学,引发抑郁、自闭,甚至走上绝路的消息。

事实上,很多悲剧是可以避免的。所以父母在教育孩子的过程中,一定要看清,什么才是对孩子成长真正有益的。就像很多人不关心健康,生活没规律,饮食无节制,直到把身体拖垮,才发现,没有健康就没有一切。而曾经牺牲健康换来的财富、地位,此时却不能再为你换回健康。父母对孩子也是同样,对以上所说的心态、品行、健康、能力、成绩,心中要有一个排序,知道重点抓什么,而不是问题显现后才懊恼。因为很可能，连补救的机会都没了。

之所以有这些偏差，因为很多父母自己就没受过相关教育，具备相关理念。过去，儒家的教育重点就是学习怎么做人，怎么处世，怎么建立三观，具体在下面还会说到。但现行教育缺乏这些内容，很多人稀里糊涂就长大了，成了父母，自然不知道怎么教育孩子。只能跟着社会潮流，大家追求什么，也去追求什么。

有句话叫"不能让孩子输在起跑线上"，这让相当一部分父母卷了起来。既然不能输，就得提前跑，结果使起跑线逐步提前，从中学到小学到幼儿园，甚至到婴儿班。所学的，不过是把相关内容提前一点而已。这样的教育能带来什么？很多时候，只能使孩子从小就背负压力，连应有的童年乐趣都被剥夺。等一路跑到真正应该投入学习的大学阶段，早已疲惫不堪，失去动力了。

孰轻孰重？是作为父母必须认真思考的。这样才能给孩子有效的引导，使他们在正确的时间，站到真正的起跑线上。尤其是人工智能时代到来后，我们现在所学的很多知识，培养的工作技能，正在快速地被淘汰。未来，可能80%的工作将被人工智能替代。在充满变量的未来，孩子如何才能安身立命，处于不败之地？

很多人没有信仰也缺乏精神追求，工作不仅是生存所需，还是用来打发日子、出人头地、实现价值的途径。可以说，工作就是一切。但要不了多少年，有些我们引以为豪的能力，人工智能秒会，且远远胜出。除非你特别优秀，特别有创造力，无法被人工智能取代，否则，大量普通工作恐怕是朝不保夕的。

所以未来的人可能分两类：一类是有精神追求，不论世事如何变幻，都能自洽、自足、自得其乐；另一类是没有精神生活，面对魔幻的世界，就会迷茫、混乱、找不到方向，根本不知该怎么活。这些人一旦遇到挫折，很可能会抑郁、焦虑，甚至做出危害社会的事。

尼采在一百多年前说过：上帝死了，要重新估量一切的价值。对于今天的人，同样需要重新估量自己，估量一切。因为我们过去的价值、意义、幸福，都建立在物质世界，但这个世界已飘摇不定。为什么现代人有了远超以往的生活条件，却如此迷茫、焦虑、缺乏安全感？就因为我们曾经依赖的世界充满着不确定，并以肉眼可见的速度在坍塌、崩解。可以说，"见证历史"已成为常态。

在滚滚而来的时代洪流中，怎么才能站稳脚跟？必须具备拥抱无常的心态，而不是活在自己的设定、期待、执着中。这就需要传承东方文化，尤其是佛法智慧，才能以不变应万变，在积极入世的同时，保有出世的超然。这样的心，将比外在的任何分数、能力更为重要。

从生命缘起认识教育关键

企业打造优质产品，是需要精心设计的。但我们是否想过，生命也是一个产品？我曾在上海一个叫"厢"的空间，讲过"觉醒的艺术"。其中谈到一个问题：你的生命是普通产品，还是经过设计的艺术品？在此，我也想问问大家：你为什么会成为现在这样的人？是精心打造的结果，还是稀里糊涂地，被社会潮流裹挟着走到今天？我们每天的所思、所言、所行，对自己的生命有多少价值？能不能使之得到提升？

事实上，许多人的存在就是一大堆混乱情绪，再加上一大堆错误想法。一天又一天，一年又一年，只是在碎片化的情绪、想法中忙忙碌碌。为什么会这样？就是因为无明，因为看不清生命和世界的真相。如果没有佛法智慧，没有善知识引领，我们只能在现有的认知模式中，跟着感觉，走到哪里算哪里。这种存在其实是一种被存在，是被串习推动的结果。

佛法是人生的大智慧，告诉我们，生命是无尽的累积，包括思想的行为、语言的行为、身体的行为。我们每天在想各种问题，说各种话，做各种事，这些思考和言行发生后，不仅会产生社会效应，还会在生命中留下痕迹。之所以产生这些思考和言行，有来自家庭的影响，也有来自教育、工作、社会、亲友的影响。所有这一切的共同作用，使我们成为今天这样的人。

生命不是从今生才开始的。我们来到这个世界，也不是一张白纸，而是带着往昔的积累。生命就像河流，从无尽的过去一直延续到无尽的未来。这种延续可能是不知不觉的，也可能是有意识的。学习智慧文化，了解生命的因缘因果，我们才知道其中有哪些元素，应该发展什么，舍弃什么。

正因为生命来自往昔的延续，所以每个孩子都有不同的天赋。每个人都有不同长处。有的人比较感性，有的人比较理性；有的人擅长文科，有的人擅长理科；有的人擅长艺术，有的人擅长研究。所以，发现孩子的天赋和兴趣特别重要。

在这个问题上，父母往往比较主观，只想到"孩子应该有什么兴趣"，却不顾及孩子有哪方面天赋，到底喜欢什么。其实，天赋才是一个人高于他人的起跑线，也是发展的优势所在。当然兴趣也很重要，有句话叫作"兴趣是最好的老师"。有兴趣，学起来就会乐在其中，有源源不断的动力。

发现孩子的天赋和兴趣，为此创造条件并适当引导，就能让学习变成自觉的行为。否则，不管孩子是否喜欢，一厢情愿地要求孩子成为什么样的人，具备什么样的能力，孩子只能被动地接受灌输，就会疲累、痛苦，甚至因为压力而崩溃。这样的情况下，家长也会很累、很痛苦。

西方教育很重视学生的创造力，在座各位来清迈当陪读父母，应该和这里的国际学校有关。当孩子在自由的学习环境中，心可以很开放、很松弛，创造力才会被激发。在未来的世界，很多知识是不需要学习的，人工智能都会，更需要的是创作。虽然人工智能也会根据指令生成一些"创作"，但那只是拼贴而已。真正的创作，是源于本心，是来自生命的无限潜能，这是人工智能无法具备的。

建立良好的教育生态环境

教育是全方位的，我们要了解影响孩子成长的相关因素，建立良好的教育生态环境。其中主要有三方面，首先是父母，其次是社会，最后是学校。

1. 家庭教育

父母是孩子的第一课堂，从某种意义上说，对孩子的影响也最大，是教育的第一责任人。现代社会重视胎教，其实，中国古人早在西周时期就发现胎教的重要性，提出了孕期起居、行为、调心等各种注意事项。作为父母，从行为到起心动念都会对胎儿产生影响，所以要时时保有善念，不动嗔心。周文王的母亲就被奉为胎教典范。

所以要在家中营造一个温馨、良善、正向的环境，这对父母和孩子都很重要。当孩子来到世界时，虽然带着自身的生命信息，但也需要适应当下的环境。最初接触的，就是父母对他每一个动作的回馈。比如孩子一哭，是马上去哄，还是继续观察一下；是每天抱着，还是该走的时候让他走路；是呵护备至，还是让他尽早独立。其中都包含着教育，也是孩子最初的、接近本能的教育。就像动物在接触自然界的过程中，父母也会用种种方式，让孩子知道，在什么情况下应该做什么，不能做什么。

懂事之后，还要接受文化的熏陶。过去，海外华人对这方面很重视。我在澳洲、欧洲见过一些华人家庭，还会沿袭传统习俗。比如父母站着，孩子不能坐着；吃饭时，父母没吃，孩子不能先吃。相比之下，国内反而不太有这些做法。可能海外华人离乡背井，这些习俗会让他们与故土产生精神连接。

更重要的，是父母的观念、待人处事，以及对孩子的要求，无形中，就是对孩子的传帮带。你看重的是成绩、能力，还是心态、品行；你是有责任感、富有爱心，待人宽厚，还是自私自利，觉得"人不为己，天诛地灭"。这些都在给孩子传递三观，成为孩子成长的风向标。

有人说，孩子就是父母的镜子和复印机，父母身上的优点和缺点，都可能在孩子身上呈现并复刻出来。所以作为父母来说，有没有正确的世界观、人生观、价值观非常重要，这不仅关系到自己的人生，还关系到孩子的人生。相关内容，儒家思想中有很多。但近百年来，国学传统经历了巨大的断层，虽然近年又引起重视，但还是没有对整个社会产生影响。这就需要我们有意识地去关注、学习、运用。当我们自己改变了，也会使孩子成长的环境和土壤得到改变。

2. 社会教育

对孩子来说，社会教育主要来自成长环境。关于这个问题，最有名的典故是孟母三迁。孟子少年丧父，和母亲艰难度日。最初，孟子家在墓地附近，经常有送葬队伍经过，引得孟子和一群孩子模仿送葬游戏。孟母见状，赶紧把家搬到城里。住下后发现，周围都是小商小贩，也不是理想居处。孟母再次搬迁，在学堂附近安家。孟子耳闻目睹，不仅爱上了学习，还学会守秩序、懂礼貌。此后，他果然没有辜负母亲的期望，成为儒家思想的重要代表。在古代，孤儿寡母的生活非常艰难，搬家更是不易。即使在这样的情况下，孟母还是不辞劳苦地三易居处，一方面说明她眼光长远，另一方面也说明环境对人的影响确实很大。

此外，交友也很重要。《论语》说到益者三友，即友直、友谅、友多闻。友直，就是正直而真诚；友谅，就是诚信而包容；友多闻，就是有知识有学问。现代人注重人脉，但关注点只是在对自己的事业是否有帮助，能否给自己提供什么资源。其实，优秀品质才是我们真正可以受益的资源。所以家长要关注，孩子平时爱和什么人来往，是和好吃懒做、游手好闲的混混，还是品行优良、有上进心的益友？包括周围邻居是什么样的人，都不能掉以轻心。因为这种影响是潜移默化的，会使孩子在不知不觉中被同化，所谓近朱者赤，近墨者黑。

现在的社会环境，对孩子教育是很不利的。比如手机等电子产品，使用门槛越来越低，也让人越来越容易沉迷其中。有些父母只要孩子一吵，就把手机塞给他，自己是因此轻松了，却使孩子两三岁就开始玩游戏，要不了几年就成了重度用户，根本无心学习。据说欧美国家对孩子使用手机有严格控制，小学生甚至中学生都不可以独立掌握手机。手机的危害，还在于网络上什么都有，对心智尚未健全的孩子来说，不仅诱惑重重，还会形成依赖。因为各种愿望都可以在网络、游戏中实现，久而久之，精神就会出现问题，完全沉迷在虚拟世界中，无法从中走出，建立正常、健康的社会关系。

以前的社会，没有那么多诱惑，孩子从小就在自然中玩耍，兴趣爱好相对单纯，也比较健康。但在今天的大环境下，教育面临很多前所未有的课题。其中的大部分，父母自己都没经历过，也无法从已有经验中找到借鉴。怎么办？一方面要加强自身学习，足以为孩子提供正向引导；另一方面要选择适合孩子成长的小环境，这一点，可能比以往任何时代更为重要。

3. 学校教育

现在很多家长在为孩子能进什么学校煞费苦心，从学区房到找关系，只要能做的，都不惜代价。他们在选择学校时，往往把升学率放在首位。其实，学校能给孩子什么样的引导，能不能让孩子健康成长，才是更重要的。现在各行各业都很卷，其中有公开、正当的竞争，也有不正当的拉踩。很多不良风气已经渗透到学校，使有的孩子从小就开始搞关系，给老师送礼品，或是和同学比爹比妈，攀比接送用车。

你们来到这里，既是为了自己，也是为了给孩子一个宽松、开放、有利成长的环境。但仅仅这样还不够，尤其对中国人来说，本身就有优秀的传统文化。儒家重视做人的教育，佛法强调生命的教育，这恰恰是现行教育中最薄弱的。

基于此，我们正在推动家庭版的安心茶室。家庭和谐是需要以文化为纽带的，否则，每个人都会活在自己的观念里，以自己的感觉为中心。就像企业要有企业文化，才能形成共同的信念。家庭也是同样，如果缺乏共同的信念，夫妻可能同床异梦，父母和孩子可能互不理解。有人说，天下最远的距离，就是两个人坐在一起，你看你的手机，我看我的手机。大家都和手机连接，却不和眼前的家人连接；最有感情的是手机，而不是血脉相连的家人。这是何其颠倒！

那么，家人之间靠什么连接？在传统家庭中，大家都接受儒释道的教育，就会有共同的精神信念和行为准则。这是很有必要的。所以，我希望有条件的家庭都可以设置一个安心茶室，大家定期聚到一起，包括家人，也包括同学、亲戚、朋友。在一起读读《大学》《中庸》《论语》，也可以读读《静心学堂丛书》，还可以体验禅茶，修习正念和健康养身等项目。这样就能营造良好的生态圈，家庭氛围也会随之改变。通过安心茶室的熏陶，弥补学校教育的不足。

传承儒家文化，学会做人做事

我们来到世界，只是有了人的自然属性，必须通过学习，才能成为合格的人。真正意义上的中国人，我觉得应该包含两个层面：一是血统，一是道统。黑眼睛、黑头发、黄皮肤体现了血统的特征。此外，还有文化传承的道统。不少海外华人担心后代成为香蕉人，皮肤是黄的，精神内核却是白的。因为他们从小接受西方教育，从价值观、思维方式、兴趣爱好到生活习惯，全是西方的。虽然有着中国人的形象，却没有相应的精神内涵。

怎么成为表里如一的中国人？必须传承中华优秀传统文化。从佛法角度看，每个生命都有无始以来的业力。有句话叫"三岁看到老"，有人从小聪慧，有人天生愚笨；有人天性善良，有人生来暴戾。正因为千差万别，所以要通过教育，把善的部分发扬光大，恶的部分加以对治。

西方社会很重视道德和法律，道德可以防范犯罪的思想根源，而法律可以约束人的行为。如果能把不善思想和不良行为管住，这个世界就没什么可担忧的了。所以在西方，始终是两套系统并行的。宗教渗透在生活的方方面面，基督徒从出生、结婚、去世，都要由牧师主持相关仪式，包括总统就职，也要手按《圣经》宣誓。不管你的信仰达到什么程度，多少会被其中的道德观所影响，对行为加以约束。如果只有法律，能管的只是发生的事，破坏已经造成，无法挽回。更何况，法律还有一些无法顾及的灰色地带，这都需要道德，需要内在的自我约束。

中国的传统是偏向人治，儒家思想的重点，正是关于做人处世的道德规范。前几年在中国召开的世界哲学大会，就以"学以成人"为主题。也就是说，做人和掌握任何技能一样，是需要学习的。孟子说："饱食、暖衣、逸居而无教，则近于禽兽。"如果一个人吃饱穿暖后，每天放逸度日，没有接受相应教化，其实和动物没有多少区别。当然，孟子也讲到，人人皆可以为尧舜。为什么同样是人，可以是禽兽，也可以是尧舜？区别就在于，是否接受过道德教化。

儒家还以"太上立德，其次立功，其次立言"为三不朽的人生。立德，就是完善自身道德，成为仁人君子；立功，就是建功立业，造福社会；立言，就是以自己的思想影响世界。我曾和岳麓书院国学院朱汉民院长就"如何立心立命"展开对话，在这个问题上，儒家和佛教有着共同的使命与责任。从个人修养来说，是成圣成贤；从社会责任来说，儒家是以正心、诚意、修身、齐家为本，进而治国、平天下，佛教则是从自觉到觉他，从自利到利他。

做到这一点，首先要立志，佛法称为发愿，就是给生命制定一个目标和方向。现在很多人不知道活着为什么，空心病和无意义感几乎成为常态，为什么会这样？就是因为没有崇高的目标和愿望。多数人的目标，不过是上个好大学，找个好工作，赚上几百万，目标都很现实。如果很快实现，接着又没了目标，只有再次制定，把几百万升级到几千万、几个亿，或是不断地换工作、换房子、换车子。一路顺利的话，会因此踌躇满志，不可一世，以为生活永远这么向上攀升。一旦目标不能实现，就会遭受挫折，产生焦虑、抑郁等不良情绪，觉得我太没用，太不行了。这就是凡夫的常态。

儒家所讲的立志，是树立人生大目标，最著名的有张载的四句教：为天地立心，为生民立命，为往圣继绝学，为万世开太平。为天地立心，是开启和天地同频的心；为生民立命，是帮助更多人安身立命，安顿身心，而不只是为自己活着；为往圣继绝学，是传承文化和圣贤言教；为万世开太平，是造福世界，造福全人类以至子孙后代。

目标越大，越不会出现暂时的得失成败。我写过一条微博，说到做大事的五大好处：一是不容易失败，因为不容易成功；二是不容易失业，因为短期内做不完；三是不容易执着，因为找不到执着点；四是做不好比较有借口，因为本来就不容易做好；五是不用着急，如果因缘不成熟，一个人干着急也没用。所以我一直觉得，出家人既没有得意也没有失意。有因缘时，多做些弘法利生的事；没有因缘时，自己静修也挺好的，而且非常重要。

我们每天的定课中有四弘誓愿，念起"众生无边誓愿度，烦恼无尽誓愿断，法门无量誓愿学，佛道无上誓愿成"这四句话时，有没有将此作为自己的人生目标？有没有作为自己必须承担的使命？还有阿弥陀佛四十八大愿、药师如来十二大愿，如果具备这样的愿力，从今生今世乃至尽未来际，永远都在前行过程中，不会因此焦虑。

《论语》说：三军可夺帅，匹夫不可夺志。这也充分说明志愿的重要性。如果志愿太小，容易满足，人生就会失去目标。所以儒家讲立志，佛法讲发愿，都是从道德的高度，让我们去做品行完善的人，利益世界的人。

几十年前的人，即使没有这么高的志向，但多数是有责任感的，包括社会责任和家庭责任。但现在的"90后""00后"，似乎对责任越来越没感觉了。从某种角度看，可能他们更开放，更没有设定。但从另一方面，很多人是活在自我感觉中，觉得不需要为了谁，活得高兴就活，活得不高兴可以不活。事实上，这是对生命的放任和不负责。因为没有接受相关的教育，也没有真正思考过人生。

以往的年轻人，多少会受到老一代的影响。我们的父辈和祖辈，会教后代怎么做人，怎么担当责任。但在今天，一些传统观念已和时代风向不同。比如古人常常说到的惜福，在鼓励消费的今天，早已格格不入。过去的中国社会，几乎每个乡村都有受到大家尊重的人。他们有道德，有智慧，有担当，在某种意义上，可谓道德实践的样板。人们即使不懂多少书本道理，也会从他们身上知道应该怎么做人、怎么做事。

但在改革开放后，整个社会迅速从推崇道德转向功利，向往财富和权力，追逐娱乐和声色，甚至觉得，"道德值几个钱"？好在当人们渐渐富起来之后，开始看到新的问题。没有财富、权力的时候，似乎这些可以带来一切。拥有之后却发现，自己并没有因此变得更幸福，更满足。什么才是人生最重要的？什么才是真正值得追求的？什么才是我们安身立命的所在？尤其经历三年疫情之后，越来越多的人开始反省，开始思考这些问题。

所以说，我们推崇什么样的价值，追求什么样的人格，立志成为什么样的人，对人生特别重要。有了这些前提，就有了做人的基本，知道应该如何待人处事。近年来，儒家所说的"仁义礼智信，温良恭俭让"重新被倡导，但多数人只是知道概念而已，并没有真正探究每个概念的内涵，没有和自己的人格联系起来。

大家都向往美好，但是我们追求的，更多是外在的美好，比如相貌、服装、身份，却没想到，真正的美好来自生命内在。而内在的美好离不开智慧和道德，这就需要认识生命的因缘因果。

从因缘因果的角度看，道德是什么？价值在哪里？其实，道德就是组成人格的材料。我们是用不良心理来构建它，还是用良性品质来构建它？如果大家没想过这个问题，可以从另一个角度来思考。想一想，如果一个人善良、诚实、友善、慈悲、温暖，肯定每个人都喜欢；反之，如果一个人心胸狭隘、充满对立、嗔恨心重、嫉妒心强、总是损人利己，肯定没人愿意和他交朋友。虽然很多人未必意识到道德的作用，但在生活中，我们愿意接近什么样的人，远离什么样的人，也从一个侧面说明，内心对道德还是有一份肯定，对美好还是有一份向往。

那么，如何造就美好的生命？如果生命由二十种元素组成，其中十种是正向的，十种是负面的，我们会如何选择？能不能做得了主，还是会不知不觉地发展那些负面元素？

儒家讲修身、齐家、治国、平天下。其中，修身是基础，也是首要，从某种意义上说，还是最难的。如果没有佛法智慧，不了解生命的因缘因果，就看不到道德的完整价值，怎么修身？我曾和岳麓书院朱汉民院长讨论到这个问题，我说儒家虽然强调道德，但不谈因缘因果，那道德的价值是什么？有人会觉得，我做一个好人，带来的好处最多几十年，那么短暂，为什么要辛辛苦苦地做好人？但如果了解生命的因缘因果，就会知道，遵循道德可以让生命更美好，不仅让我们今生受益，还能尽未来际地受益。

学习传统儒家文化，主要是帮助我们学会做人做事，比如前面讲到的"仁义礼智信，温良恭俭让"。简单地说，仁是培养仁爱之心，义是遵循道德行为，礼是人与人的相处之道，智是正确看待各种问题，信是保有诚信；温是性格温和，良是心地善良，恭是对人恭敬有礼，俭是勤俭惜福，让是谦虚礼让。这些都是自利利他的优良品德，关键是通过修行，让每一项变成自己的人格。

我们提倡的学习方法，是观察修和安住修。首先需要思考：为什么要培养仁义礼智信、温良恭俭让的品德？为什么要有感恩心、随喜心？然后以相应的方法，比如修习《慈经》，让内心对自己和众生生起慈悲，充满关爱。从以自我为中心，转变为以众生为中心，以正向、积极的心看待一切。

学习佛法智慧，造就健全人格

关于做人做事，我们不仅要学习儒家文化，还要有佛法智慧的高度，否则是不够的。因为心必须通过修行才能改变，不是说一说就可以。那只是知道概念而已，和你的生命是没关系的，也起不了作用。

现在的孩子有很多心理问题，如焦虑、抑郁、孤僻、自私、自我中心等，进而导致厌学、叛逆、不自律、沉迷手机等行为问题。当孩子出现问题时，不少父母往往很焦虑，不接纳：我的孩子怎么会这样？其实，这种焦虑和不接纳对孩子没有丝毫帮助，只会让自己更糟糕。

作为父母，应该怎么对待这些状况？不论从心理学还是佛法的角度来说，首先要学会接纳。前面讲到正确的亲情观，就是让我们知道，孩子是独立的生命个体，带着自己的业力而来，并不是父母的附属品。他和你的关系就这么几十年，然后就要各奔东西，你能做的很有限。怎么把这几十年过好？不论孩子有什么样的表现，都不能太我执，有太多设定，否则就会焦虑不安，也给孩子带来无谓的压力。然后，这种压力又会返回自己身上。在互相施压的过程中，使压力不断升级。

其实我们看看自己，也有很多问题，也不是那么容易改变的，所以不要对孩子有过分期待。先接纳自己的不完美，再接纳孩子的不完美。父母和孩子，只是这一生的因缘相聚。不论过去是什么样的缘分，现在能做的，只是让他向好的方面转变，而不是要符合我们的期待。只有接纳，不对立，我们才能心平气和地面对孩子出现的各种现象，再加以正确引导。

此外，有些心理问题是需要治疗的。除了常规的心理治疗，正念禅修也是很好的调整方式，在欧美已有广泛运用。引导孩子培养正念，安住正念，可以有效化解不良心理，让心从疾病模式跳出来。前提是父母能修习正念并从中受益，做到这一点，你的存在就能在家中营造令人安心的氛围。

进一步，还要引导孩子培养正向心理。如果孩子缺乏感恩心，要让他们明白，自己得到的一切并非理所当然，应该心怀感恩；如果孩子以自我为中心，就要让他们认识到，人在世间生存，离不开大家的付出，只有我为人人，才能人人为我，所以要学习利他的思维方式，友善地对待身边人。事实上，所有负面心理都有相应的正向心行可以对治，关键是及时发现问题，有意识地加以培养。当然，认知和价值观也很重要，要引导孩子立志，知道未来要成为什么样的人。生命是需要方向和榜样的，这样才会不断向目标靠拢。

除了自己的引导，还要在家中营造正向环境，组织孩子或身边人一起学习，在潜移默化中传递做人的道理。比如让周围的孩子在一起举办青春读书会之类的活动，一起读读《静心学堂丛书》，分享读书心得和在生活中的运用。

有了一定基础，还可以增加禅修内容。我们的禅修分两类，一是正念的禅修，一是利他的禅修。正念禅修可以培养专注和觉察，以此解决心理问题。利他禅修是通过理解他人，同情他人，到接纳自己不愿接纳的事，进而培养感恩、随喜等心行，改变自我为中心的状态。

总之，在教育孩子的过程中，父母要给以孩子正确引导，而不是施加压力：我希望你怎么样，考多少分，得什么名次。更不要和其他孩子攀比，因为每个生命的起点都不一样。

作为父母，首先要改变自己的错误观念，当我们有了正确的三观、健全的人格，家庭环境才会随之改变，才能给孩子正向的滋养和引导。否则，多数人的存在和人格是在不知不觉中形成的。只有学习佛法，才能充分了解自己，懂得哪些是不良品行，应该消除；哪些是美好心理，应该发扬，进而通过戒定慧改造自己，让生命变得有价值，这是佛法带给我们的希望；否则是很难的，所谓"江山易改，禀性难移"，若我们连自己都看不清楚，更谈不上改变。

结说

家庭教育是很大的话题，这次时间仓促，只能针对其中存在的突出问题，提供一些简单思考，还有许多值得深入探讨的空间。以上只是抛砖引玉，期待更多有识之士，能从中华优秀传统文化中汲取养料，立足于佛法智慧的高度，以儒家的做人教育为基础，同时吸收心理学的方便，为家庭和社会培养出健康、优秀的下一代。

（2024年3月讲于清迈静心学堂）

继承传统,慈悲济世

当今社会，身心健康是一个突出问题。受物质主义的影响，大家都在向外追逐，拼命赚钱，以为拥有财富就能过得幸福，很少关注自己的身体和心灵。事实上，这对每个人特别重要。如果失去健康，烦恼重重，拥有再多也没能力受用，没心情安享，又有什么意义呢？所以说，身心健康是人生最大的财富，修身养性是人生最好的投资。

这些年，很多人富起来了，但一味外求造成的消耗，引发了过劳、焦虑、抑郁等种种身心问题，已到了不容忽视的程度。如何传承东方智慧，将佛法和医学相结合，引导人们安身、静心，为大众健康提供服务，是我们需要探索的重点，也是筹备医护专项的初衷。

我曾和中国疾控中心前首席科学家曾光教授就健康问题进行对话，并整理为《当公共卫生遇到佛法》一文，探讨了"从生理健康到心理健康、从公共预防到道德预防、祛除心理病毒、守护同一健康、构建人人健康的社会"等话题，涉及医护人员的心理建设和精神追求、如何处理医患关系，等等。这些都是当今社会的焦点，和每个人息息相关。

医护工作者的自身建设

说到健康，离不开医疗体系。当病人越来越多，医护从业者的压力也随之增加，不仅工作时间长、任务重，还面临医患纠纷等心理阴影。作为医护人员,应该如何减压?如何应对日益严峻的现实?如果他们的身心健康没有保障,如何为大众保驾护航?

美国卡巴金博士曾把源自内观的正念修行引入美国,倡导正念减压等疗法。对医护工作者来说,是有效的调心之道。通过正念禅修,不仅可以解决自身的心理和情绪问题,还能舒缓身体压力,启动自我疗愈的能力。

说到心理健康,还离不开精神追求。医生的职责是治病救人,从古至今,人们就以"悬壶济世、仁心仁术"来赞誉医者的德行和医术。对于这份高尚的职业,从业者必须有慈悲利生的胸怀。遗憾的是,现在不少医院把生存和经济效益放在首位,讲业绩,讲效益,似乎病人只是客户,治疗只是业务。这不仅和中国的传统道德相违,也和普世的医学伦理相违。

作为医护工作者,怎样培养救死扶伤的使命感?我给企业界做过不少讲座,重点阐述价值观、心理建设和精神追求,因为这是一切问题的根源。医护工作者也是同样,有正确的价值观,才知道什么是应该追求的利益;有良好的心理建设,了解因果观、缘起观,才不会在面对形形色色的患者和事件时陷入困扰,才知道如何对待,如何在理解、接纳的前提下,为他们提供帮助;有高尚的精神追求,才知道人生的究竟意义在哪里,为什么要慈悲,为什么要利他,为什么要济世。

这些观念和精神的建立,离不开传统文化,也离不开信仰,尤其是大乘佛法倡导的慈悲利他。通过学习,我们才能确定这么做对自身的价值,对社会的意义。认识到位,行动才能跟上。我们的义工为什么有利他精神?就是看到践行慈悲的意义,才会发自内心地去做,并在做的过程中强化慈悲。

在医患矛盾的大背景下

近几十年,医患矛盾日益突出,甚至有恶性事件发生。医生,本是患者信赖、依从、性命相托的靠山,什么时候开始,变成了现在这样?原因很多,主要在于两方面。从医生的角度说,确实有些医院唯利是图,过度治疗,使患者对医生应有的信任感被破坏,埋下冲突的隐患;从患者的角度说,有些人心态不正,对医生缺乏理解和感恩,既不懂得积极配合治疗,也不接纳任何自己不想要的结果。

表面看,这些只是医患之间的矛盾,但在根本上,却是如何做人的问题,是教育、道德、民众素质的问题。当大家都以自我为中心,带着功利心做事,何止医患关系会对立,各个领域都会产生冲突。包括学校中的师生关系,企业中领导和员工的关系,商场上甲方和乙方的关系。

如何从根本上解决问题?我们做这个专项,正是希望通过智慧文化,引导医护工作者建立正确观念,以自利利他的发心从事工作,成为名副其实的白衣天使;同时引导民众关注身心健康,调整生活习惯,从源头预防疾病,而不是一味消耗,到病发时才惊慌失措,由身病带来心病,由心病加重身病。

中学和西学的体用关系

西医传入中国近两百年来,已成为目前的主流。可以看到,西医在药品研发、精确诊断、手术等方面确有长处,对疾病的认识接近可视化,也更容易被患者理解。但它的问题在于,着重解决局部疾病,所谓"头痛医头,脚痛医脚"。事实上,身心是一个整体,问题可能显现在局部，根源却不止于此。中医则是从系统论的角度，引导我们全面认识身体，看待疾病，强调平衡、疏通、调理。两者侧重不同，各有所长。

晚清西方文化进入时，关于"如何看待传统文化，如何接受西方文化"，有识之士提出了"中学为体，西学为用"，立足于此，可将彼此的长处相结合。因为"体"需要的是高度，为东方文化所长；"用"需要的是精确，为西方科技所长。这一原则，也可作为我们看待中医和西医的参考。

中医立足于阴阳五行，认为身体中既有看得见的心肝脾肺、五脏六腑，还有看不见的穴位经络，是息息相关的整体。这和佛法所说的缘起观有相通之处。佛法认为，身体由五蕴和合而生，并不是孤立的存在，更没有固定不变的本质。我们每天的饮食、起居、习惯，包括内在的心念、情绪，时刻都在对这个整体产生影响。只是我们的心很粗，很迟钝，往往感受不到其中微细的变化。在雾霾的危害暴发前，谁会想到，空气竟然对身体有那么大的影响。事实上，我们的生活中充满了看得见和看不见的危害，从空气到饮水，从农残到添加剂，从压力到不良心态。

这一切的量变，必然会导致质变。积累损害身心的负面因素，将导致疾病；赋予有益身心的正向能量，可促进健康。我曾看过介绍《黄帝内经》的六十集纪录片，包括医史篇、医理篇、养生篇。在第三部分，全面介绍了影响健康的众多因素，如环境、气候、饮食等。只有从整体调整，才能使身心状况得到有效改善。

对于源远流长的东方文化，我们怎么在学习、传承的基础上，和现代医学相结合，让人们乐于接受？我们曾在西园寺举办过面向医学界的静修营，其中不少是主治医师、院长等。从身心一体的角度来认识疾病，不仅可以使医者拓宽思路，还可以通过他们利益大众，造福社会。

西方医学是建立在形式逻辑的基础上，强调技术，也受限于技术。佛法的逻辑是因明三段式，先发现问题，再寻找原因，搜罗证据。四谛法门更是佛陀根据古印度医生治病的原理施设的，其中包含轮回和解脱两重因果。轮回的因果，是看清现实（苦），找到苦因（集）；解脱的因果，是判断治愈结果（灭），指出解决方式（道）。事实证明，这套方法是行之有效的，所以佛陀被尊为大医王。虽然他解决的重点是心理，但身和心是相互影响的。同时，这个思路对我们查找病因、对症治疗也有重要参考价值。

了解需求才能关爱生命

我们准备成立一个"生命关爱中心"，以智慧文化为指导，立足于中医的思路，再吸收西医的长处，建设一套健康体系，引导人们改善身心。这是很有意义的。

今天的社会，不仅心理疾病患者与日俱增，即使单纯的身体疾病，也往往和心态有很大关系。佛法讲"心种种故，色种种"，说明了心与身体、世界的关系。如果长期积累负面情绪，会引发身体的种种问题。中医也说"喜伤心，怒伤肝，忧伤肺，思伤脾，悲伤魂魄，恐伤肾，惊伤胆"。把心态调正，不仅可以防病，也是配合治疗的助缘。

人们每天在使用这个身体工作学习，追名逐利，累了就吃喝玩乐一番，以此犒劳身体。但"假期综合征"显示，放纵式的"休息"，非但起不到缓解疲劳的效果，还会给身心带来负担和伤害。可见，我们并不了解身心的真正需求，不能给予适合它的保养。

目前，我们已通过正念经行、正念为食、正念禅修等多种方式，引导大家在调心的同时健身。比如身体扫描，是通过对身体各部分的关注，结合正念和呼吸，起到调节身心的作用，解除负面情绪，以及由此产生的病气。更重要的，是建立良好的习惯和心态，有智慧地看待并解决问题，包括健康的饮食、作息等。从实践效果来看，这些方式是行之有效的，相信对医护人员和社会民众也有很大帮助。

结说

  我做过面向企业界的讲座，许多企业界人士深受西方商业文化影响，习惯用管理技术、功利的思路看问题，缺乏"道"的高度，发展到一定程度就会遭遇瓶颈，或是在事业有成后感到迷惘，不知何去何从。因为技术的作用是有限的，功利的效果是暂时的，真正的成功离不开做人，离不开正确的价值观，这些养分来自东方文化。只有在重视做人、重视精神追求的前提下，再吸收西方文明的长处，医疗事业才能健康发展。

（2022年春讲于医护专项）

让艾火温暖人间

我一直想来看看灸草堂总部,这次正好我们有这么多学员在此学习,也是难得的因缘。范老师通过对艾灸的传承和弘扬,从调身入手,切入传统文化,同时也重视修心。这件事很有意义,也是当今社会特别需要的。因为一切问题的根本,无非人的身心问题。

我常说,身心健康是人生的第一财富,修身养性是人生最好的投资。现在,不少人已经意识到这个问题,关于养生保健的资讯、方法、机构层出不穷。我们也一直在关注,希望找到一套简单易行的调身之道,为大家的生活、工作、修行打好基础。

佛法的重点是修心,从对心的认识、调整,到最终明心见性,究竟解除人生的痛苦烦恼。但我们在世间所做的一切,都要依托这个色身,所谓借假修真。关于这一点,不少学佛者存在误区,觉得身体是个臭皮囊而已,不必理会。当然,不执着是对的,但不执着不等于不管它,更不等于任意使用而不保养。如果没有健康的身体,总被这里那里的不舒服或病痛所困,其实是给自己增加不必要的干扰。这样的话,最后往往带来两个结局,或是病得无法修行,或是走向另一个极端,因为痛苦而对身体格外执着。这些都是我们要避免的。

佛教的修行,尤其是禅修,也讲究调身、调息,以此作为调心的前行。如果身体这部分过不了关,禅修时坐立不安,是很难把心调到位的。怎么调身?首先要认识这个身体,认识影响健康的各种因素。

从佛教观点来看,宇宙万有都是由地水火风四大组成的。在世界形成之初,由风轮开始运转,然后风起云涌,将万物聚合起来,构成山河大地。我们现在看到的所有存在,似乎是实实在在、固定不变的。其实，这一切都是因缘和合而成的，本身并没有固定不变的属性。现代物理学已证明了这一原理。也就是说，我们认识世界时，并不是单纯的观察者，同时也是参与者、创造者。

所以，我们要认识到心的能动性，认识到心念对世界，尤其是对身体的作用。中国的传统文化，包括中医、道家等，对身体也有独特的研究。比如对气的重视，认为这是色身包括万物形成的重要组成部分。由此指出，人的七情六欲，包括不同的念头、情绪、心态，都会给身体带来影响。带着这样的心态去认识世界，又会影响到万物的存在。准确地说，是影响到万物在我们各自世界中的存在。这就是佛法所说的"一切唯心造"——不同的心念会产生不同的气息，造就不同的世界。

我们在调身时，同样要重视心的作用。只有正心正行，才能达到内外兼修的良好效果。传艾书院重视正念和用心，还有传艾四弘誓愿，值得随喜。带着这样的心，不管是给自己还是他人艾灸，本身就是慈悲的修行。因为慈悲不仅是利益他人的行为，更代表着一种心念、一种精神。认识到这种正向心行的重要性，进而把它带到每个当下，去做艾灸，做传导，于自身是增长慈悲，于他人是传递慈悲。

近年来，愈演愈烈的雾霾等问题，正在引起全社会的瞩目。其实相对这些外在现象，心理问题带来的后果更为严重。其中突出的一点，就是人与人之间的隔阂与冷漠。随着居住环境的改变，大家庭和邻里关系几乎不复存在。而手机和网络的普及，又让家庭成员开始各自为政，疏于交流。在这样的背景下，人们对家人都缺乏关爱，对其他人更是漠不关心了。这种冷漠不仅带来了种种社会问题，也是导致抑郁症高发的外在诱因。

儒家提倡"仁者爱人"，正是对治冷漠的一剂良药。但儒家关于"仁"的诠释，是从"己所不欲，勿施于人"中推演而来的，并非建立在心性基础上。此外，这种仁爱还受到家庭伦理的影响，是从亲人到路人，从有关系到没关系渐次弱化的，相对比较有限。而佛法所说的慈悲，是来自众生平等的思想。因为认识到一切众生曾在轮回中互为亲人，所以才会有无缘大慈，同体大悲。既没有亲疏之别，也没有国家、民族、人种等一切分别。

更关键的是，这种慈悲不仅是给予，是他人的需要，也来自我们自身的需要。因为我们希望提升人格，就要通过修习慈悲，化解内心嗔恨、冷漠、对立等负面情绪。大乘佛法倡导"悲智双运"，即慈悲和智慧的相互增上。但在汉传佛教的传统中，更重视空性见，对慈悲和菩提心的传承不够得力，使不少学佛人予人消极避世的印象，未能发挥大乘佛教积极济世的作用。

那么，如何建立大乘精神？这就必须通过闻思佛法，认识到生命觉醒的意义，进而认识到自己和众生本是一体的，自利和利他也是统一的。对缘起现象具备这样的认识后，才能发自内心地生起自利利他的愿望。否则，我是我，他是他，为什么要心怀众生，舍己为人？事实上，这也是一些传统道德流于口号的原因所在。如果认识不到众生和自己的关系，仅仅靠外在宣导，是很难让人心悦诚服、自愿遵守的，甚至会滋生口是心非的伪君子。

近年来，虽然参与慈善者日益增多，值得随喜，但并没有从根本上改善整个社会的冷漠和戾气。因为慈善不仅是一种捐助行为，而代表着慈悲利他之心。如果不是本着慈悲心进行捐助，从严格意义上说，只是善行而已，还算不上真正的慈善。事实上，这些不是以慈悲心为前提的捐助行为，已经导致了一系列问题，令捐助者患得患失，受助者不知感恩。我们固然需要检讨慈善的机制、流程等，但根本在于发心，在于这一行为的思想基础。

总之，不论对个体生命还是社会和谐，慈悲的修行特别重要。这种修行并不仅限于捐助，佛教认为，布施包括财布施、法布施和无畏施。通过自己的技术和服务，为他人解除病痛，也是很好的布施。我觉得，艾灸很有象征意义，因为它散发着温暖。作为学佛者，我们在接受佛法传承和发起菩提心的前提下，可以让艾灸成为利他的方便，让艾火化解人间的冷漠。这种方便正契合当今社会的需要，是与人结缘的有效途径。

  我和范老师一见如故。因为我切身感受到了艾灸的利益，同时也被范老师的济世之心所打动。在医患关系如此紧张的今天，虽然也涌现了一些传统医学的优秀实践者和弘扬者，但相对十几亿人口来说，这些资源还远远不够。更何况，究竟的健康之道应该是防患于未然，而不是在疾病出现后设法治疗，那只是被动的补救措施。所以，我们特别需要找到大众化的养生保健之道，一是简单易学，没有高门槛；二是能有效推广，没有副作用。只有这样，才能让大众通过调身拥有健康，进而通过学佛改善心性。

  不少人通过学佛，确立了人生目标。但要献身修学，自利利他，离不开健康的身体。基于此，我们特别将艾灸作为重要的慈善项目。在推广过程中，已受到许多人的广泛认可。范老师有这个愿心，我们也有这个愿心，愿心和愿心的结合，可谓善缘具足。希望大家珍惜这个善缘，一方面通过修学提升心行，另一方面通过培训和实践提高艾灸技术，让心和行相互增上。有正确的发心，才能成就真正的慈善行；有良好的技术，才能让发心落到实处，利益他人。让我们尽自己的一份力，为这个社会带来更多温暖。

（2016年秋讲于同里灸草堂）